)森文庫

池波正太郎・編

酒と肴と旅の空

光文社

目次

Ⅲ　美味は幸福のシンボル・外国編

Ⅳ　腸が世界を支配する

本文デザイン：泉沢光雄

食物と文化

池波正太郎

近年の日本では、食べ物に対する関心が深くなる一方で、料理やレストランなどに関する本が非常によく売れるそうな。

これは、太平洋戦争前にはなかったことのようにおもう。

いったい、これはどうしたことなのか……何を意味しているであろうか……。

太平洋戦後の日本は、申すまでもなく食糧不足で、人びとの関心は、ひたすら食物に向けられた。もっともそれは、ビーフ・ステーキが食べたいとか、車海老の天ぷらが食べたいとかいうような、大それたものではなかった。

ひとつかみの味噌《みそ》や米、一本のニンジンやサツマイモに対するあこがれであり、飢《う》えであった。

いまはちがう。一見して、

「あり余る……」

多彩な食物が、日本にみちあふれているようにおもえる。

それでいて、男女の区別を問わず、レストランや料理屋をめぐり歩き、食べ歩くことに日本人たちは熱中しはじめた。むろん、すべての日本人がそうなのではないが……。

私のような者が、たまさかに、過去の思い出にからむ随想などで食物や料理のことにふれると、それだけで大よろこびをしてくれる読者が多い。

「あなたの小説は読んだことがありませんけれど、食べ物の随筆を愛読しておりますす」

などという手紙を、しばしばもらうことになる。

また『鬼平犯科帳』や『剣客商売』や『仕掛人・藤枝梅安』など、私の小説の中で、食事のシーンを描くと、それをたのしみにして、小説を読む人びとが少くない。

いまの人びとの、家庭の料理は、どのようになっているのだろうか……。

むかしは……といっても、少くとも二十年ほど前までは、職業を問わず、客を自宅に招いてもてなすという習慣が、まだ残されていた。

となると……。

いきおい、家庭の主婦たちは客をもてなすために、料理の工夫をおこたらぬことになる。

男たちは、主客が酒飯を共にしながら、仕事の苦労やよろこびを語り合う。

そして主婦は、酒飯の給仕をしながら、夫の仕事がどのようなものか、男の仕事がどのようなものかを、おのずと理解するようになってゆくのである。

したがって、街にある食べ物屋は、現代にくらべると、

「まことに少かった……」

と、いってよいだろう。

だから、現代のように、むかしの家庭料理よりも貧弱な料理を出し、客から金がとれるような世の中になってしまったのかも知れない。

街を歩き、ビルディングの中へ入れば、軒《のき》なみに酒場と食べ物屋の看板が押しならんでいる。

むかしの人びとが食べ歩きをしなかったわけではないが、そうした人びとは、例外はあるにしても、金と暇《ひま》を、

「もてあましている……」

種類の人びとだった。

他の人びとは、一日をすごすに、あまりにも多忙だったからだし、食べ歩き以外のたのしみが多すぎたと、いえないこともない。

たとえば、女手ひとつで二人の男の子を育て、家族を養っていた私の母のような女

でも、月に一度の歌舞伎見物と週に一度の映画見物は欠《か》かせなかった。

そうなれば貧乏世帯ゆえ、彼処此処《そここここ》を食べ歩くなどという余裕《よゆう》が生まれるはずもない。

そのかわり、心の中は充実しており、来月に、六代目菊五郎の「鏡獅子」が観られるとなれば、一ヶ月の生活の苦労も耐えぬけたのであろう。

現代は、家庭生活があまりにも便利になりすぎてしまい、念を入れて料理をするまでもないほどに、簡単な手数をかけるだけですむ食料品がハンランしてきたので、女にも男にも、かつては、夢のようにおもわれた暇な時間が生じることになった。

その時間が、食べ物への関心と探求に向けられるようになったのだろうか……。


しかし……。

私も年少のころから食べ物への関心は浅いほうではなかった。

その理由を書きのべていてはキリがなくなってしまう。

簡単にいうなら、私は、そうした環境で生活していたからに、ほかならない。

そして、いま、おもうことは、食べ物への関心がさらに大きなひろがりをもって、私の仕事に影響をおよぼしていることなのだ。

小説の中に食事の情景を書き入れるのは、むかしのころの季節感をあらわしたい事と、登場人物の性格描写にいくぶんなりとも役立てたいとおもうからだ。

そうした意味合いから、この一巻におさめられた諸氏の、酒食に関する随想は、いずれも、日本や世界の文化、人間の文化にむすびついており、まことに興味が深い。

そして「大根」や「どぜう」や「豆腐」のごとき食品についての、すぐれた随想は、単なる食べ歩きなどに全く関係がない文化論なのである。

真実は酒のなかにある

I

焼酎育ち

田中小実昌

昨夜は、湯島の「赤ちょうちん」で酎ハイを飲んだ。「赤ちょうちん」は湯島の交差点の近くで、不忍池《しのばずのいけ》のすぐそばにある。昔からの友人の町田さんという人がやってる店で、いつも混んでいる店だ。

酎ハイというのは、下町では、ごくふつうの飲物で、焼酎に炭酸を割る。だから、もともとは透明だ。これに、その店独特のフレーヴァーを、ちょっぴりいれる。これは、風味《フレーヴァー》つけとともに色づけでもある。

三輪《みのわ》の「中里」では、琥珀《こはく》色のフレーヴァー、北千住の「源氏」ではブルーのフレーヴァーといったぐあいだ。

昨夜、「赤ちょうちん」では、すこしライムをたらして、レモンの輪切りがはいっていた。

今では、その店でつくったフレーヴァーではなく、レモンやライムのジュースをいれる店もおおい。こんな店では、ぼくは、ライムはすこし甘いので、レモンのジュースをいれてもらっている。

レモンの実を、はんぶんぐらいにしぼりこんでるぜいたくな人もいるが、ドロボーでもやってるのかしらん。

湯島の「赤ちょうちん」の焼酎は、「だるま焼酎」だ。

「だるま焼酎」の名前はなつかしい。

「だるま焼酎」は広島県の焼酎だ。ぼくは、昔の軍港町の広島県呉市でそだった。ぼくの家は、軍港をはるかに見おろす山の中腹にあり、山の尾根までミカン畑やイチゴ畑もある庭がつづいていたが、山の尾根にでると、そのむこう側の段々畑のなかに、この「だるま焼酎」の大きな立看板があった。だという一文字だけで、タタミ八畳ぐらいはある大きな看板だ。

そのほかに、「ダイヤ焼酎」という大きな立看板もあった。どちらも、関西方面では有名な焼酎だ。呉市は軍港町で海軍工廠《こうしょう》もあり、そのころは人口もおおく、焼酎の大消費地だったのだろう。

湯島の「赤ちょうちん」をでて、ほんの一、二分あるくと、不忍池にでる。池《いけ》の端《はた》とは、ちょうど、不忍池の反対側になるあたりだ。不忍池は蓮の葉や茎が枯れて、茶色になっていた。そのあいだを、なにかうごくものがある。やがて、それが冬枯れの蓮とおなじような色の鴨だとわかった。一羽鴨が目につくと、また一羽、冬枯れの蓮のあいだをおよいでいるのが見え……無数の鴨がいるようだ。

浅草では、クマさんの店の「かいば屋」で酎ハイを飲む。浅草といっても、浅草千《せん》束《ぞく》の猿之助横丁だ。昔、歌舞伎役者の市川猿之助の家があったのだろう。しずかな花街で、ぽつん、ぽつんと上品なスナックなどもある。

クマさんも、前からの友人で、大ノンベェだ。ノンベェが飲屋をやれば、飲みつぶしてしまうんじゃないか、と心配したが、ちいさな店だけど、なかなか繁昌している。浅草でも、すこしはずれた、しずかなところだし、クマさんの「かいば屋」の客は、わざわざやってくる常連ばかりだ。

ぼくだって、東京の街を、ほぼ南北によこぎってくるのだし、俳優の殿山泰司さんは赤坂のマンションからお出かけになる。作家の都筑道夫さんは中野からで、都筑さんが「かいば屋」にくると、クマさんははしっていって、近所にある佃煮《つくだに》の老舗「鮒金」から、うぐいす豆を買ってくる。都筑さんは、うぐいす豆をサカナに飲む。

もっとも、毎日かよってくるような常連は、ちょっとはなれたご近所といったぐあいで、若手落語家の五街道雲助さんとも、なんどか「かいば屋」で顔をあわせたが、彼は両国の寿司屋の息子だ。

「かいば屋」の酎ハイは宝焼酎で、その一升壜を、クマさんは床から片手でもちあげて、ビールの中ジョッキほどのでっかいグラスに、どくどくっと、正一合はたっぷり注ぐ。

それに、客の好みによって、ライムかレモンのジュースをいれ、炭酸の壜の栓を、しゅーっとぬいてだす。炭酸は、客が自分で好きなだけついで飲む。

クマさん自身は焼酎を炭酸では割らず、ミルクをいれる。これを、クマさんはミル酎と称しているが、そんなにとんでもない飲物ではなく、ひところ、「かいば屋」でだいぶミル酎が流行《はや》った。

クマさんに、ミル酎なんて、なんで、そんなノンベェの赤ん坊みたいなものを飲むんだい、ときいたら、「なにしろ、あたしゃ、ナマケモノでねえ」と言った。焼酎といっしょに、焼酎のサカナ（ミルク）を飲んじまうってことなのだそうだ。

ただし、ミル酎なんか飲んでるとふとる。クマさんは、もともと大男だが、ミル酎のせいで腹がつきでてきて、ほんとに関取りみたいになった。

焼酎にトマト・ジュースを割るひとがふえている。アメリカでも、ウオッカにトマト・ジュースの「ブラディ・マリー」が流行だが、どちらも飲みやすいドリンクだ。

焼酎は、飲みにくいものと誤解されているが、こんなにさっぱりして飲みやすいものはない。

ぼくはイキがって焼酎を飲んでるのではない。あるときから、ウイスキーのにおい(それが、また、ウイスキーの風味なのだが)が鼻についてきだした。ところが、焼酎は、まことにさらっと喉をとおる。だいいち、ぼくは、もともと焼酎育ちだ。

だが、そんなふうなので、焼酎を飲んでると、つい飲みすぎてしまう。

「かいば屋」の酎ハイは、焼酎が正一合は入っている。

今のぼくの酒量ならば、これを三杯ぐらいは、まあまあだいじょうぶだ。しかし、酎ハイ三杯でおさまったことはない。どうしても四杯は飲む。

店の主人のクマさんや、ほかの顔見知りの客とおしゃべりをしていて、つい五杯飲んじまったりする。

それから、よせばいいのに、浅草から新宿にいって、ゴールデン街あたりで、またジン・ソーダってことになる。ジンも西洋焼酎だから、これも酎ハイみたいなものだ。

酎ハイに氷をいれない店もある。そのかわり、炭酸(ソーダ)を冷やしておく。北千住の「源氏」や浅草ひさご通りが言問通りにでるところの「甘粕」などがそうだ。

「甘粕」では、冷蔵庫からソーダの壜をだし、グラスにつぐと、また、冷蔵庫にしまう。ここの、ウイスキー・ハイボールも、氷はつかわなくて、そうしている。

もともと、ハイボールは、氷はいれなかったのかもしれない。というのは、元来は、イギリス風の飲物だろうからだ。なんにでも氷をよくつかうのはアメリカ人で、イギリスの酒場あたりで見ていると、イギリス人は、ほとんど氷をつかわない。

それでも、バーのカウンターのはしに、ちいさなアイス・ペイル（氷入れ）があって、なかにちょろっと氷のかけらがはいっているが、「アイス？」とバーテンが言って、ぼくのほうにアイス・ペイルをおしてくれたりするところを見ると、ぼくみたいな外国人やなんかのためかもしれない。

「甘粕」で食べたオデンのつみれはおいしかった。この店でつくったつみれで、鰯《いわし》の肉をすって、ダンゴにしたもので、ふわっとした口ざわりで、味も淡《うす》くてふわっとしていた。

一昨夜は、奄美《あまみ》群島の焼酎のパーティーがあった。黒砂糖を原料のうちにつかっている、黒糖酒、黒糖焼酎は奄美だけしかない。透明だが、とろっと舌をつつむおもみがあり、風味がつよい。オランダのジンもこんなふうだ。

ぼくは、東京にいるときは、たとえば、浅草の「かいば屋」では宝焼酎の酎ハイだし、湯島の「赤ちょうちん」ではだるま焼酎と、いわゆる甲類の焼酎を飲んでいる。

しかし、九州にいくと、あの独特のにおいと味のある九州の焼酎を飲む。鹿児島のイモ焼酎、米でつくる熊本人吉《ひとよし》の球磨《くま》焼酎、今、流行ってる宮崎の麦焼酎、大分のもろこし焼酎など、ところどころの焼酎は、その土地で飲むと、ほんとうにおいしい。沖縄にいけば泡盛だ。その泡盛も八重山群島にいくと、また風味がちがう。

奄美の焼酎パーティーも、なぜか、新宿ゴールデン街のノンベェたちが、ぞろんこときていてたいへんにたのしかった。トーフを揚げてお汁《つゆ》をかけてたべる料理や、豚の肉をやわらかく煮こんだ角煮《ラフテイ》風のものなど、いかにも南国の島々めいた料理で、これが、また、とろっとした奄美の黒糖酒によく合った。

沖縄では、泡盛を7《セブン》アップで割って飲んでるひとを、よく見かけた。7アップの会社が倒産するとかいう噂があり、もしそうなったら、泡盛を飲むときどうしよう、とナヤむ者もいた。

三輪の泡盛屋「亀島」でも、泡盛をラムネで割って飲んでるひとがいる。それに、泡盛のタマゴ酒を飲むひともいる。風邪もひいてないらしいのに、泡盛のタマゴ酒というのは、やはり、そのひとの口に合ってるのだろう。

今夜も浅草あたりに流れて、酎ハイってことになるのではないか。だけど、前にも言ったけど焼酎は、つい、さらさらっと喉をとおり、飲みすぎるので、女のコがついてきてるときは、「オジちゃん、ピッチが早いわよ。ゆっくり、もっとゆっくり」とブレーキをかける。

ところが、その女のコも酎ハイを飲んでいて、だんだん酔払《デキアガ》り、そうなると、ぼくにブレーキをかけるどころではなく、さっきまで、ならんで飲んでいたのに、ひょいと、女のコの姿が消えふらふら表にでも出ていったのかとおもったら、椅子からずっこけて、床にすわりこんでたりする。

＊たなか・こみまさ（大正14年〜平成12年）作家。
＊冬樹社刊『猫は夜中に散歩する』（昭和55年）収録。

ロンドンのパブ

吉田健一

ただ何となく所在なさを感じると外に出て飲み屋に入る。さういふ店が嘗ては東京にもあったがロンドンでは殆ど町毎に、どうかすると同じ通りに二軒も三軒もある。今日の東京ではpubと言ふと何故か特別に上等で贅沢なクラブとかキャバレーとかいふ風なもののことに取られてゐるやうでここではそのクラブやキャバレーも今日の東京での意味に用ゐてゐるのであるが実際のロンドンの飲み屋はこのpubといふ略称が指すpublic houseといふ言葉からも感じられる筈の公共機関の性格を失ふことがない。それが公共機関であるから粗末であっていいといふ考へもそこにはなくてそのことを不思議に思ふのは明治以来の我が国の成金趣味がものを言ってのことである。これが誰もが入って行けて又事実入って行く服装も身分も全く問題にならないただの飲み屋であることは経営者側が店の造作や調度、又それが古い店ならばその歴史の保存に力を入れることを妨げなくて幸にその店がどれだけ古くて外見も立派であってもその前に観光バスが止って店が田舎ものでごった返すといふやうなことは英国にはない。

それ故にその外見や歴史よりも大事なのはその店がそこにあって今日でも気楽に飲ませてくれるといふことなので十八世紀の調度が現にそのまま残ってゐる店でも飲んでゐるうちにはそのやうなことは忘れる。ロンドンの飲み屋で飲むのに文明と野蛮のけぢめを付ける初歩的なもの以外に一定の作法と言ったものは全くない。そのけぢめが守られてゐて他の厄介なことが何もないから気楽に飲めるのでそれを喜んで一時間も二時間も粘ってゐることも出来れば一杯飲んで直ぐに又出ても行ける。それだけでも息抜きになることがあるのである。又それと同じ伝で隣で飲んでゐるものに話し掛けるのも初めから終りまで黙ってゐるのも自由で黙ってゐたい時に誰かが話し掛けて来ればそれに対する返事の仕方で黙って飲んでゐたいことが相手にも解る。又さうなると店にゐる気分を左右するのが棚に並んだ凡そ色々な種類の酒でそれを眺めるだけで自分の飲み料が確保されてゐることは明かなのであるから後は自分の都合だけが店にゐる時間を決める。

棚と従業員が行き来する通路を距《へだ》てた台の下には樽が並んでゐてこれはそれだけの違った銘柄のビールが店にあることなので樽の上の蓋に栓が付いてゐてそこから店番がビールをジョッキに注ぐ仕組みになってゐる。併し英国のビールは少くとも十何種類かあってそれをその味とともに一々覚えるのは至難のことに思はれる。何故か英国ではビールのことをエールと言ってペール・エール、ライト・エール、スコティッシュ・エールといふ風に飲み屋の名に価する英国の飲み屋ならばそれが大概揃ってゐるからその中で一つでも口に合ったのに出会へばそればかり飲んでゐるのに限る。併しその辺のことに明るくなると確かに種類を適当に混ぜて飲む方が味が引き立つやうで或る時さういふ通人と一晩に十何軒かの飲み屋を廻ってその通人に選択を任せて飲んだことがあり、その結果は確かによかったのであるがどういふ順序で何の次に何といふ風に飲んだのかは遂に思ひ出せなかった。先づビター・エール、或はただビターといふのがさういふ通人の助けなしで飲むのには適してゐるといふのは、これは尤も個人的な好みである。

飲み屋にビールしか置いてない訳では勿論なくてそれで棚に洋酒の壜が並ぶことになる。その中心はヨーロッパで出来る酒の大概のものがあってただ手持ち無沙汰に何か飲みものを傍に置くのならばビールでも構はないがもう少し本気で飲むにはジン・トニックが恰好であることを発見したのもこれも尤も個人的な好みの問題であるかも知れない。その他にピムス、Pimm'sといふこれは店番自身に混ぜて貰はなければならないジンやウォッカが主になった口当りがいい飲みものがあって何が主であるかピムスの下に番号が付いてピムス1、ピムス2といふ風なことになってゐる。併しその番号のどれが何だかはまだ覚えられずにゐる。兎に角ジン・トニックである。これも英国の習慣に従って gin *and* tonic と言ふのであるがこれをゆっくり飲んでゐれば一杯で三十分は優に過せて二時間で四杯は酔ふ程の量でない。もっと飲んでもジンならば大して心配しないですむ。

書いてゐるのが飲み屋のことであるからそこで飲むものの説明をと思ったのであるがそれと同じ位大事なことがあるのを忘れてゐた。それは時間の制限で英国の飲み屋といふのは同じ英国のホテルや料理屋と違って法律によって大概は朝の十時半頃から午後の一時頃まで、それから一度店を締めて又午後の五時頃から十一時頃まで営業することになってゐる。これは地方や店によって或る程度の違ひはあっても朝から晩まで営業することは許されてゐなくて店まで出掛けて行ってそれが締ってゐる時間なので悔しい思ひをすることがある。併し面白いのはこれが法律でさうなってゐるのであってもその要求が飲み屋の方から出されたことであって第一次世界大戦中にこれは人手不足から多くの店でこの制度が採用された。所が実際にやって見るとそこは飲み助の心理で店の売り上げには少しも影響がないことが解り、それに店の方ではそれだけ息がつける訳なので一般にこれが採用されることになってやがてさういふ法律も出来て今日に至ってゐる。その法律を作った方は禁酒の一助にもなると思ったのだらうから気の毒である。

もう一つロンドンの飲み屋に就て挙げて置いていいのはそこの食べもの、或は店によってはそこで食べられるものである。実は戦前のロンドンの飲み屋といふものを知らないので歴史的にはどういふことになってゐるのか解らないがそのビールの通人と飲み屋廻りをしたのは今度の大戦がヨーロッパで終ってからまだ十年と少ししかたってゐない頃で当時の飲み屋で売ってゐる食べものは茹《ゆ》で卵とじゃが芋を揚げたの位なものだった。これが大戦からまだ立ち直ってゐなくてさういふことになってゐたのか戦前から飲み屋に大した食べものがなかったのかは知らない。併しその後に飲み屋が簡単な食事が出来る店でもあるやうに段々なって来たことは確かでどういふ料理がその日作れるかを店の外に書いて出してゐる所もある。先づパイの類が多いのは手を掛けずに客の注文に応じられる為に違ひなくて恐らく店でなくてどこかで大量に作ったサンドイッチが包装してあるのも売ってゐる。併しこの食べものの方は店によって色々である。

その中でも例外だったのはYork Minsterといふ地下室の酒倉に大概どんな酒も貯蔵してあってその小売りもすることで知られた飲み屋でこれは今でもあるが或る時そ

この壁に凡そ凝った食事の献立てが貼り出してあるのでそこでそれが食べられるのかと聞くと二階に食堂があるといふことだった。それは卓子《テーブル》が七つか八つしかない小さな部屋なのにそこに二人の給仕長の服装をした給仕がゐるのが目を惹いた。どこかで給仕長をしてゐたものを二人引き抜いて来たのかも知れない。それが代るがはる衝立ての向うに行って何をするのか見てゐるとコップ酒を飲んでゐるのも一興だったが料理は献立て通りの料理の粋を尽したものでその後で飲んだcognac maisonのことを今でも覚えてゐる。これを当店秘蔵とでも訳すのだらうか。フランスのコニャック地方で小さくても一流の葡萄園で出来たコニャックを何軒かの料理屋が買ひ占めて自分の店で出すもので料理屋で飲む最上のコニャックがこのcognac maisonである。併しこの飲み屋は現に残ってゐてもこの二階の食堂はその後閉鎖されたと聞いた。或は二人の給仕長が飲み過ぎて商売にならなかったのかも知れない。

併しかういふのでなくて同じ一つの店が一列の柱位で飲み屋と料理屋に分れてゐるのがあってこれは本式の料理屋にバーが付いてゐるのとも違ふ。それが或る程度まで着換へて行く種類の料理屋ならばそこのバーも同じことでこれに対して飲み屋の向うが料理屋ならば飲み屋の方ではただ飲み屋に来てゐると思ふだけですみ、その上に食事もしたくなった際にはそこに料理屋もあるから便利である。或る時さういふ店の飲み屋の方で飲んでゐてそこを料理屋から距《へだ》ててゐる柱の一つにその日の献立てが貼ってあったのを見るとそこで食事がしたくなり、その日他所《よそ》に昼の食事に呼ばれてゐたのは残念だった。又店が広くて台に向って立って飲むのよりも卓子や椅子が方々にあってそこで飲むのが主になってゐる飲み屋もあり、その種類の店には一口料理のやうなものの旨いのがあるのが多くてその料理も験《ため》して見なかったのがいつも後になって損をした気がする。併し不思議に飲んでゐると食事の時間でもなければ食べる気が起らないものでこれは洋酒でも日本酒でもそのことに変りはないからそこには何か酒精といふものの働きに関係した事情があるに違ひない。

昔は英国の飲み屋といふものが普通に飲む所ともう少し上等なsaloon barといふものに分れてゐてその上等な方のに入るには一ペニーか二ペンスの料金を取られたといふのはこれは人から聞いたことでそれをやったことがないので今でもあるものかどうかも解らない。ただ少しばかり見た目にいい所で飲む為に金を払ふことはないと思ったからであるがこれまでに入った飲み屋にさうした別室はなかったやうである。併しその上等な方に行かなくてもロンドンのも含めて英国の飲み屋の多くが華麗とさへ言へる作りであることは事実でテームス河の岸に住んでゐる友達の家に呼ばれて行つた所が時間が早過ぎたのでその向ひ側の飲み屋に暇潰しに入るとテームス河を見渡す広い部屋に夕日が差し込んでそこの古風な調度を金色に浮び上らせてかういふ店でも他の飲み屋と同様に台まで行つて何でも注文したものを作つて貰へるのだらうかと思つたがさうした心配をする必要はないことが解つた。又来てゐる客も普通に飲み屋で見るやうな人達ばかりで着飾つても気取つてもゐなかつた。それが英国の飲み屋といふものののいい点の一つでどれだけ歴史があり、或は店の作りが幾ら凝つてゐてもそれが飲み屋であることに掛けて変りはなくて全く積りで飲んでゐられる。そのテームス河の飲み屋は確か The White Hart といふ名前だつた。

勿論それ程立派でない飲み屋も幾らもあるがどのやうな作りの店でもそこで飲んでゐる気分に変りがないのは飲み屋といふものが英国人の暮しに深く根を降してゐることを示すものに違ひない。それで飼ひ犬を連れたどこかのおかみさんが買ひものに出掛けた帰りに一杯やりに入つて来もすれば老人が新聞を持つて一朝を潰しに現れもする。又飲み屋に連れて来られる犬が凡そよく躾けられてゐることも外国人には珍しくて主人の席が決れば直ぐその椅子か卓子の下に腹這ひになり、そのままでゐて主人が店を又出て行くまでは身動きもしない。何度も飲み屋といふものに来てゐてそこではさうするものだと心得てゐるらしいのである。それで犬同士の喧嘩といふものもない。又誰でもが連れて来るから飲み屋で目に付く犬の種類も多くて長い毛のダクスフントといふものをロンドンの飲み屋で初めて見た。もし犬がそれだけよく躾けられてゐるのならば次は子供はといふことになるが子供は飲み屋に入ることを許されてゐない。

さういふ点でロンドンの町での暮しといふものを知るにも飲み屋は恰好な場所である。そこには職人が仕事の合間にペンキで汚れた仕事着で来る。又これが恋人同士の密会でなくて公然と会ふ場所になる。かういふのは一目で解るが殊に年配の客でどういふ人間なのか見当が付かないのも珍しくなくて一と頃同じ飲み屋に日参してゐた時に店が開いたと思ふともう来てゐて昼になって店が休業するまでゐ続けた後に午後になって再び店が開くと又現れて店が締るまでゐる老人がゐた。別に落ちぶれた様子でもなくて更に英国の飲み屋といふのは何か注文する毎に現金で払ふのであるからさういふ具合に日参するのは兎に角或る程度の金がなければ出来ないことである。少くとも日本からのもの好きな旅行者並には持ってゐなければならなくてその老人は嬉しさうでも悲しさうでもなくてただゆっくりと大概は同じ席で飲んで時間をたたせてゐた。

既にしたいことは皆してしまってただきうしてゐるだけで満足だといふ所だったのだらうか。

それで一つ言って置いていいのは飲み屋が夜締るまでゐたことは何度もあるが閉店の時刻が近づくに連れてその前に飲んで置かうといふので客が注文する量は殖えても酔った挙句に騒々しくなるといふやうなことを嘗て見たことがないことである。尤も台の向うにゐる店員が酔っ払を外にはふり出す役を兼ねてゐてそれで腕っぷしが強いのが選ばれるのだといふ話は聞いたことがある。併しその現場に行き合った験しがない。これも飲み屋といふのが余りロンドン、或は英国に住む人間の暮しの一部になってゐるのでそこで騒ぎを起す気になるものもゐないといふことなのだらうか。寧《むし》ろさういふ騒ぎに近いものを経験したのはその十何軒かの飲み歩きを友達とした際にその最後の一軒で閉店の時間になり、そんなひどいことがあるものかと不満をぶち撒き掛けて友達に留められた時である。その時に店番の眼が多少は光ったやうな気もする。併し我々は店を出て歩いてどこかまで行って別れた。

さういふ風に飲み屋から飲み屋へと梯子酒《はしござけ》をして廻るのをpub-crawlingと言ふのであることを今思ひ出した。勿論これは這ふのでなくて歩くのでこれは絶対に歩くのでなければならない。この飲み屋といふのが車から降りて入って行くといふやうなことがそぐはない感じがするものだからで友達とさういふ店の一軒で会ふ約束をして急がないと遅れると言った場合ならば別であるが向うに見える飲み屋の看板が歩くに連れて段々近くなるといふのも飲み屋で飲む楽みの一つである。又飲み屋は沢山あってその間の距離が大したものでないから飲み屋廻りをするのでもこれは歩くのに限る。又その方が体の動きが自然で一つの店にゐるうちにそこから廊下を伝って行っていつの間にか別な店に自分がゐるのに気付くといふ錯覚が楽める。それが出来るのは一つには店に先に来てゐるものが誰も新たに入って来たものの方を振り向くといふやうなことをしないからで飲み屋に客が入って来るのは当り前であり、それならば人が現れる毎にそれに注意することもないといふ知恵がそこで働いてゐてこれが行き渡ってゐる。

これはロンドンの飲み屋を離れての話であるが飲み屋廻りと言へば或る時田舎に住んでゐる友達の所に泊ってゐてその友達が毎朝欠かさずに昼の食事の時間になる前にその近辺にある飲み屋のどれか一軒に連れて行ってくれた。これは車に乗ってで村に飲み屋が一軒位しかないのであるから友達の家からどこかの村まで歩いて行くのでは時間が掛り過ぎた。さういふ風にどの村からもかなり離れて建ってゐる一軒家といふのが英国の田舎には幾らもある。それで一日に行く飲み屋は一軒でもそれがその度毎に違った村の飲み屋であるから友達の所にゐる間に随分廻った。その中にこの建物は西暦千三百何年以来のものと石に刻んであるのがあって友達がこれは百年は鯖《さば》を読んでゐると言ったのを覚えてゐる。又そこにはmeadといふ英国古来の蜜で作ったビールに似たものがあって好奇心から飲んで見たが大したことはなかった。さういふことよりもこの種類の田舎の飲み屋は鯖を読んでの年数は兎も角ロンドンの飲み屋とは又違った何か古風なものがあってその空気に浸って飲んでゐるのもいいものである。かうしてその友達が連れて行ってくれた飲み屋からその家に戻って来ると昼の食事の用意が出来てゐるといふ趣向だった。

それからといふものは英国のどこの町や村にゐる時でもそこの飲み屋の看板が目に付くやうになった。そのどれにも入って見たい気がしてロンドンでも田舎でも入って行って当てが外れたことがないのは英国の飲み屋といふのがどこでも同じ仕来りに従って営業してゐながらそのどれにも或る程度の個性があるといふことになりさうである。さうでなければ飲み屋廻りをするといふことにも意味がなくなってその点では今日の東京でも梯子酒をするのが前程は面白くなくなった。それが京大阪では違ふのである。そこから英国、或はロンドンの飲み屋のことに戻って個性があるといふのはどの店も始めからのその店であるといふことに過ぎないのであるが個性、或は味はそのことから生じる。その味は華麗とか地味とか古風であるとかいふことでさへもなくてそれは外観の上でさうも言へなくはないことに過ぎないのであってそれとは別に、或はそのうちにその店といふものの味、或は前からその店だったことを我々に感じないで置かせないものがある。大阪の道頓堀にある「たこ梅」といふおでん屋のことを思へばその辺のことが解るのではないだらうか。

趣向を凝らすのでなくてただ一軒の店をやってゐることを考へ続けるだけでそれが凝った趣向にもなり、見方によっては華麗でも地味でもあるのでそこに安心して行けるから客の方でもそこに行くのを続ける。そのことを英国の飲み屋の看板が語ってゐる。その店がそこにあることを示す為に多くは店の軒に直角に取り付けた金具からそこの店の看板が下ってゐてそれはいつかそこの看板と決ったもので決った上はその図案が変へられることがない。それは時々新たに塗り変へられるだけでやがてそれが前と同じ古さになる。「たこ梅」の客は親子三代に亘るものが珍しくないと聞いたことがあるが英国の飲み屋でもこれは同じことに違ひなくて町の或る一箇所に何十年も、場合によっては何百年も一軒の店がそこの看板を出してゐればこれは自然さういふことになる。又これは流石《さすが》とか見上げたこととかいふのでなくてそれが当り前なことである筈なのである。英国ではこの当り前なことが当り前に行はれてゐる。

ここまで書いて来てロンドンの飲み屋に見られるやうに英国で飲み屋といふものが発達してゐるのは国民の間で飲む習慣が普通のことになってゐる為であることに気が付いた。これは嘗ては我が国でもさうだった。そのさうだったといふのは飲むのが暮しの一部で罪悪でも贅沢でも或はこの頃風に言へばその青春の謳歌とかいふものでもなかったといふことで飲むのがさういふ何か特殊なことになれば飲む形式や設備にもそれだけ制限が加へられて地道な発達は望めなくなる。併しここでは英国の飲み屋の話をしてゐる筈だった。その飲み屋にも発達といふことはあって英国でビールを冷やして飲まないのは英国の風土ではその必要がないからであるが外国人の注文もあってこの頃は各種の壜詰めのビールがその装置に並べてある。この装置が冷蔵庫とも違って外気から遮断されてない金属製の棚に壜を並べるだけでそれが何故冷えるのか始めのうちは解らなかった。それで聞くと金属製の板が壜の底を冷却して中に対流が起るので全体が冷やされるといふ説明でこの方が壜が取り出し易い訳である。

ただ入って行って飲んで又出て来ればいいといふ施設が少くとも今日の東京ではないに近いものになった。それで英国の飲み屋といふものが羨しいのでこれを併し東京に持って来るとそのパブとかいふものになる。やはり英国風に飲むには英国まで行った方がいい。

＊よしだ・けんいち（明治45年〜昭和52年）評論家。
＊駸々堂刊『ロンドンのパブ』（昭和51年）収録。

葡萄畑の精霊

安岡章太郎

シャトーというのは普通、「城」と訳されている。けれども日本語で「シャトー」といえば、しばしばそれはマンションと称するアパートの別名であったりするし、またフランス産の葡萄酒《ぶどうしゅ》にも、よく「シャトー何々」というのがあって、これはどうやら酒造家の意味であるらしい。こうなると、シャトーとは一体何なのか、私にはその概念もわからなくなる。坂口謹一郎博士の「世界の酒」という本によれば、

《ボルドー地方の葡萄酒業者には、二通りある。一つは広大な葡萄畑の真中に、シャトーをかまえてそこで葡萄酒を造り、自家の酒の貯蔵から壜詰《びんづ》めまでそこでやるもので、これがいちばん多い。》

とあって、メドック地方の地形を埼玉県あたりの景色に似ていることを述べた後、次のように断わっている。

《シャトーといっても、城のようなものではなく、田舎の金持の邸宅といった形である。それに隣《とな》って仕込倉や壜詰場があって、カーヴは多く住居の地下にある。》

文章の前後をつき合せて考えると、シャトーとは、どうやら埼玉県あたりの《田舎の金持の邸宅》、さしずめ代官屋敷のごときものであろうか——？

私の想像は、そう見当はずれではなかった。実際、メドック地方に限らず、フランスの農村の地形はたいてい起伏のない平地であって、わがくにでこれに較べられるところといえば関東平野ぐらいであろうし、シャトーの規模は昔の庄屋か代官屋敷の程度といっていい。但し、シャトーは庄屋や代官屋敷と違って、周囲に高い塀や濠渠《ごうきょ》をめぐらし、屋上の壁には銃眼があったり、トンガリ帽子の屋根のついた見張りの塔などがそびえていて、小なりといえども城砦《じょうさい》のかまえをしている。つまり、田舎の地方の武装した邸宅をシャトーと考えればいいのであろう。そして、この中世紀風の武装は現代のわれわれにはロマンチックに見えるし、小高い岡の上や、葡萄畑の間に、ぽつりぽつりと点在しているシャトーは、平凡な風景を一瞬ファンタスティックなものに変えるのである。

——ボルドーの近在には、たくさんのシャトーがあり、アメリカ人や日本人がさかんに買いまくっている。

と、立派な顔立ちをしたタクシーの運転手がいった。われわれとしては、こういう話を、日本人へのお世辞と受けとっていいのか、それともエコノミック・アニマル振りをあてこすられていると考えるべきか、迷わざるをえない。おそらく、その両方だと思えば間違いないだろうか。

ところで、ボルドーのシャトーといっても全部が全部、葡萄酒をつくっているというわけではない。いや、大部分のシャトーは荒れはてた空き家にすぎないらしい。ボルドーの近在では、モンテーニュとモンテスキューのシャトーが美しい城として有名だが、モンテスキューのシャトーはとくに、その葡萄園から良い葡萄酒を産したことで知られている。私は、モンテスキューのシャトーを通りがかりに覗《のぞ》いてみたのだが、切り開かれた森の中に堀割にかこまれた城砦の白い壁が、夕陽を浴びて立っている姿は、文字通り息をのむ美しさだった。

しかし、美しさもさることながら、モンテスキューのシャトーで印象的なのは、城門を入ると千坪か二千坪ぐらいの草原があり、そこに何百羽ものニワトリが放ち飼いにしてあったことだ。よほど人に慣れているとみえて、私たちの乗り入れた自動車のすぐ傍で平気で餌をあさっている。——こいつはウマそうだな。私はおもわず言った。出来たら、こいつを二、三羽、ゆずって貰えないものだろうか？

勿論、実際にはそんなものを分けてもらったところで、ホテルへ帰って部屋で料理するわけにもいかず、まして日本までお土産に持って帰るとなったら荷厄介《にやっかい》なだけだから、止《や》めにしたが、青あおとした草原の上に、あっちに三羽、こっちに五羽とむらがって、黙もくと地ベタの餌をついばみながら、草むらの中に顔を突っこんだり、しゃがみこんだり、空を見上げてゆっくり羽撃《はばた》いたりしているさまを見ていると、ニワトリも普通のトリと同じように、天然自然の生きものの一種だという気がして、こちらも極く健康な食欲をおぼえるのである。

それにしても、この何百羽ともしれぬ厖大《ぼうだい》なニワトリの群れを、いったい誰が食うのだろう？　私は、このシャトーに現在どんな人が住んでいるのか、モンテスキューの子孫が生きているのかどうかも知らない。しかし、どっちにしても、この広大な草原に放たれたニワトリを「法の精神《ドウ・レスプリ・デ・ロワ》」の著者の子孫が自分たちだけで食っているわけではないだろうが、さりとて彼等が商売に養鶏業をいとなんでいるとも思えない。第一、もし彼等が商売にするつもりなら、もっと効率的な飼育法がいくらだってあるだろう。

――これがフランスの農業の豊かさというものだろうか？

ルナールの「葡萄畑の葡萄つくり」（岸田國士訳）を読むと、フランスの農家の暮しも決してラクではなさそうだし、百姓は結構勘定高くもあるようだ。そしてニワトリだって、他の家畜——牛だのブタだの——に較べると、やはりせせこましいところで嫉妬し合ったり、争い合ってばかりいるように見える。けれどもルナールは、そういうニワトリの属性を認めたうえで、雄鶏《おんどり》の内面に「もう一つの」何かがあることを暗示している。

《雄鶏は地上のあらゆる競争者を征服したといって鼻をたかくしてもいい——が、「もう一つの」それは手の届かないところにいる、あれこそ勝ち難き競争者である。》

《雄鶏はみえを切る。羽根を膨《ふく》らす。その羽根は見苦しくない、あるものは青く、あるものは銀色——しかし、「もう一つの」は、蒼空《あおぞら》のただなかに、まばゆいばかりの金色。》

《そこで、雄鶏は、日の暮れるまで躍起《やっき》となる。彼の雌鶏《めんどり》は一羽一羽帰って行く。彼は独《ひと》り、声を嗄《か》らし、へとへとになって、すでに暗くなった中庭に残っている——が、「もう一つの」は、太陽の最後の焔を浴びて輝き渡り、澄み切った声で、平和な夕《ゆうべ》のアンジェリュスを歌っている。》

この「もう一つの」が何者であるか、私にはハッキリしたことはわからない。おそらく無神論者だったルナール自身、それをハッキリと言い切るには何かタメライがあったのだろう。しかし要するに、それは経済効率や損得勘定、その他もろもろの現世利益や権力者の《手の届かないところにいる、あれ》なのだ。それは必ずしもカトリックの坊さんの発明した神ではないにしても、夕方になるとひとりでにアンジェリュスの歌声を響かせてくるあれである。

だんだん水色を濃くしていく夕闇の中に仄《ほのじろ》白く立っているモンテスキューの城の美しさは、美しいという以外に説明のしようがない。しかし、たしかに言えることは、これが光線の加減や壁の古び具合、それに城壁と濠渠の組み合せなど、単に物理的な視覚上の効果から出た美しさではないということだ。私たちは、このモンテスキューの城のすぐ近くにある、もう一つのシャトーを見た。建物自体としては、これはモンテスキューのシャトーより立派かもしれない。後ろに森をひかえ、前にはなだらかに傾斜した葡萄畑がひろがって、環境も申し分なかった。そして同じ水色をした夕闇は、あたりをシットリと包んでいたのである。にも拘《かかわ》らず、このシャトーはモンテスキューのそれのように美しいとはいえなかった。理由はハッキリしていた。ここには前庭に草原がなく、したがって放ち飼いのニワトリもいなかった。その代りに、青いタイル貼りのハリウッド・スタイルのプールがあった。おかげで、ここには建物や堀割やニワトリを支配するあの「もう一つの」あれが欠けていたのである。

これと同じことは、シャトーの中でつくっている葡萄酒についても言えるだろう。正直にいって私には、葡萄酒の善《よ》し悪《あ》しはわからない。アメリカに半年ばかり滞在した頃、テネシー州は禁酒州であったため、めったに酒は飲めなかったが、カリフォルニヤ産のワインを飲むと、うまいなア、と思ったものだ。私の飲んだのは大抵「クリスチャン・ブラザー」と称する桃色の酒であったが、日本で飲むへたなフランスのロゼーなどよりは、たしかにウマかった。これは一つには葡萄酒は輸送の途中で味がこわれやすいので、原産地で飲めばアメリカのワインでもうまいということがあるのだろう。しかし何といっても、私——に限らず、日本人一般——には葡萄酒は縁遠過ぎるのだ。

ところがフランス人は本当に葡萄酒を水のように飲む。いまは昔ほど飲まなくなったというが、それでも田舎へ行くと小学生がランドセルに葡萄酒を入れて登校すると

いう。母親が反対しても、お祖母《ばあ》さんが、

「そんなことをいったって、喉《のど》がかわいては勉強も出来ないだろうに……」

と、薬壜に詰めてコッソリ持たしてやるそうだ。そんなだから、フランス人とわれわれとでは葡萄酒についての観念もちがうし、葡萄酒があるのとないのとでは生活の様式や人生観そのものが違うといってもいいだろう。

勿論、われわれだって酒に無縁な国民ではない。神様だってお神酒《みき》は上るし、日本酒はわれわれの生活とは切りはなせないだろう。けれどもフランス人と葡萄酒ほどには、われわれは日本酒に親しんではいない。だいたい葡萄酒は日本酒に較べて、よほど原始的な酒である。坂口謹一郎博士によれば、米を蒸したうえに、別室でつくった麹《こうじ》を加えてつくる日本酒は、製造工程からいってビールに近いものだという。ところが葡萄酒をつくるには、そんな手間はかからない。つんできた葡萄の実をつぶして葡萄液をつくり、それを樽に入れて醱酵《はっこう》させれば、早いものなら一と月で出来上ってしまう。ブルゴーニュ産のボージョレーなど、樽に仕込んで三月ぐらいたったところが飲み頃だそうだ。

製造工程が単純であれば、簡単にいい酒がつくれるということでは勿論ない。むしろ製造工程が単純であればあるほど、人工のゴマ化しはきかないわけだが、原料の育て方、選び方が厳密でなければならないし、樽へ仕込んでからの管理も大変気難かしいものになる。しかし、それはそうとして、果汁をしぼって溜めておくだけという、まるで猿酒《さるざけ》のように原始的な製法というのは、それだけ自然で人間の生活に密着していることにもなる。シャトーが同時に葡萄酒の醸造場でもあるということは、つまり昔は何処のシャトーでも自分の領地の畑からとれた葡萄でめいめい酒をつくっていたからではないか。ちょうどモンテスキューのシャトーの前庭でニワトリの放ち飼いをやっていたように。

いや、葡萄酒には限らない。れいのフォア・グラなども、ボルドーの近くの農家では主婦が家庭用につくっており、それぞれの家に秘伝があるらしい。私は先年、そういう自家製のフォア・グラを一と壜もらって食べたが、市販している鑵詰のものなどと違って、やはり手造りの風味があった。じつは葡萄酒も――フランスではなくイタリアでだが――自家製のを貰って飲んだことがあるが、これは妙に酸《す》っぱいうえに舌触りがザラザラするようで、あまりいただけなかった。自家製のチーズ、バター、ヨーグルトにいたっては、まったく珍しくもない。買い置きの牛乳があまったりすれば、大抵の家でつくっているもののようである。……要するに、ヨーロッパの家庭は、われわれの家に較べて、よほど前近代的なシキタリを多く残しているというべきだろうか。カラー・テレビや電気洗濯機の普及率の低いことはよく言われているとおりだが、これは必ずしも彼等が節約家だからというだけではない。彼等は機械類が嫌いで慣れていないという面もある。たとえば年寄りなど、電話のベルが鳴ると飛び上って驚き、怖《おそ》ろしがって電話機のそばへも近づきたがらないほどだという。たしか無線電信機の発明者はイタリア人のマルコーニだったたし、あらゆる機械類がほとんどヨーロッパで開発されていることをおもえば、彼等が電話のベルを怕《こわ》がるなどとは、考えられもしないようなことだが、こうした矛盾はヨーロッパの社会が階層によって完全に別れており、日常生活に電話をつかったりするのは一部の階層の人たちに限られているからであろう。その代りに、葡萄酒のきき酒をさせたりすると彼等は大抵、一家言もった論客であるはずだ。

ボルドーで、私たちはメドックのシャトー・ラフィット・ロットシールドと、サンテミリオンのシャトー・フィジャックというのを紹介されて覗いてみた。

前者は、ボルドーでも最も代表的なシャトーで、念のためにいえばロットシールドはロスチャイルドのフランス語読みである。全ヨーロッパにまたがったユダヤ人の銀行家ロスチャイルドは、ボルドーに二軒、有名葡萄酒醸造のシャトーを持っている。すなわちラフィット・ロットシールドとムートン・ロットシールドであるが、この二軒は親戚同士でありながら、大変仲が悪いという。それというのも一八五五年、葡萄酒取引業者の協会で、ボルドーの葡萄酒を五階級に格付けして、その最高位にシャトー・ラフィット・ロットシールドは他の四軒（シャトー・マルゴー、シャトー・ラトゥール、シャトー・オー・ブリヨン、シャトー・ディケム）とともに上げられたが、ムートン・ロットシールドのほうは第二級の一位ということにされてしまった。しかも、その格付けは不動の決定版として今日でもなお世界中に通用しているとあって、ムートン・ロットシールドとしては口惜しくて堪らぬというわけだ。

それにしても一八五五年、パリの万国博覧会のときにきめたこのボルドーの葡萄酒番付が、そのまま現在でも通用しているというのは、不思議といえば不思議である。これについて「ラルース葡萄酒辞典」には次のように出ている。

《この番付は一世紀以上にわたって確実で驚くべき価値を保ってきた。実際、大きな葡萄栽培地ではワインに関する栽培、醸造、貯蔵の方法は、すべて似たようなもので、ただ土壌だけが、それぞれのワインの特性と価値を生み出したり変えたりする。だから、このように真面目《まじめ》な格付けは、いくつかの例外を除いて、つねに正当な現実性を保つのである。》

平ったくいえば、葡萄酒の質を決定するのは、葡萄畑の土壌であって他のものではない、いい葡萄畑からはつねにいい葡萄酒が出来るし、悪い畑からはどんなことをしても良い酒は出来っこない、といっているわけだろう。つまり、これを人間にアテはめれば、天才はどんなことをしたって天才だし、鈍才はどんなに努力してみたって鈍才でしかないということになる。そして、この運命的な決定論は、どうやらフランス人の物の見方の根幹をなしているように思われる。だからこそムートン・ロットシールド氏としては、自分の畑の酒が「第二級銘柄」であることは、どうにも腹立たしくてならないのであろう。

私は、ムートンのロットシールド氏にも、ラフィットのロットシールド氏にも、会ったわけではないので、この二人がどんな風に対峙《たいじ》しているかは、この眼で見たわけではない。ただ、同じような例をサンテミリオンのシャトー・フィジャックで、主人のマノンクール氏から、この葡萄畑の精霊ともいうべき土壌の質の違いについて、えんえんと聞かされ、彼等のこの運命論にしたがうことの口惜しさの一端に触れたというわけだ。

マノンクール氏は、年の頃四十歳ばかりの瘦《や》せこけた体つきで、領主というにはいささか貧相だが、よく見ると、そのへんの地主のおっさんと違って、なかなか気品がある。私は、まえにブルゴーニュのサントーヴァンという醸造元へいったとき、主人のクレルジェ氏から、いきなり、

「ここの酒の話をするまえに、まず一杯いきましょう」

と、飛び切りの白と赤の葡萄酒を空《す》きっ腹に飲まされ、フラフラになったことがあるので、こんどもそうかと用心していたのだが、マノンクール氏はシャトーの門前で私たちを待ちかまえると、石の門柱の上にのっかっている丸い玉っころの話をしはじめた。

「ごらん下さい、この玉を……。これは、このシャトーが中世紀から由緒《ゆいしょ》のある家柄であったことを示すものですぞ」

　私には歴史の話はよくわからなかったが、これは様子が違うぞと思っているうちに、こんどは地べたに地図をかいてサンテミリオンの地質の話をしはじめた。——簡単にいうと、サンテミリオンの葡萄畑は、中心地に近い丘の部分にあるものと、末端の低地の部分にあるものとに分れる。丘の部分は古代には海洋であって、それが地殻の変動で隆起し丘陵になったのであるが、土質をしらべると石灰質である。したがって丘の葡萄畑からとれる酒は、色が濃く、タンニンが強くて、舌触りが荒っぽい。一方、低地の部分は川の砂礫《されき》がたまって出来た砂礫質である。こっちの酒は、腰が弱いかわりに、タンニンが少なく、舌触りはまろやかである。丘の酒の代表的なものは、シャトー・オーゾンヌ、低地の酒の代表は……、と、このへんからだんだんマノンクール氏の表情がくもりはじめた。

「このへんは、つまり低地で昔は川だったところです。土に触ってごらんなさい。さらさらしているでしょう。これが素晴らしいものなのです……」

　私は、そのへんの葡萄をつまんで食いながら説明をきいていた。葡萄酒にする葡萄は食用ではないから、痩せて甘味も少なく、あんまりうまくはない。けれども、マノンクール氏の話はあまりに長く、きいているうちに喉がかわき、腹もへってきて、何か食わずにはいられなくなったのだ。

「いったいにサンテミリオンの酒はボルドーの中にあっては、色も味も濃く、男性的な感じで、だから『ボルドーのブルゴーニュ』などと呼ばれたりするわけですが、それは主として丘の石灰質の葡萄畑からとれる酒の話でして、こちらのポムロールに近い方では、また違った酒がとれるのです」

私は、自分にフランス語が話せたら、もうそのお話はききました、といいたいところだったが、通訳氏をつうじてでは、どうもそのようなことは言いかねる。すでに、秋の陽はかたむきかけ、枯れはじめた葡萄畑の葉に滲《にじ》んだような黄色い光を投げかけている。肌寒い風が首筋をなで、腹はますますへってくる。

「ごらんなさい、向うの森のかげに教会堂の塔の霞《かす》んでみえる、あのあたりがポムロールです。何とフシギなことではありませんか、こうやって眼に見える地続きの畑なのに、ポムロールの酒はこのサンテミリオンと違って腰がまったく弱いのです……。こちらの畑は丘の畑の酒のようにタンニンが強過ぎもしないし、ポムロールのようにひ弱過ぎもしない。舌触りは柔らかで、シンは強い。私どもは、これが最もいいと思っております。事実、評判も高いのです」

――それも、もううかがいました。とまた私は言いたいところだった。しかしマノンクール氏は、えんえんと話しつづける。

「ごらん下さい。あのポムロールの畑から、こっちへ寄った方、つまり私どもの畑と隣り合せのあの畑、あそこには私の妹が嫁に行っておりまして、あの畑からこちら側がサンテミリオンということになっております。え、あの畑ですか？　あれはシャトー・シュヴァル・ブランと申します」

私は、マノンクール氏が何を言いたかったのか、ようやくわかりかけてきた。「シュヴァル・ブラン」といえば、私でさえ名前を知っているぐらいだから有名な銘柄で、サンテミリオンでは、ずばぬけて優秀だとされている。つまりマノンクール氏は、このシュヴァル・ブランの畑と自分のシャトー・フィジャックの畑が隣り合せで、この二つは土壌も日当りも何の変りもない、ということが言いたいらしいのだ。

「そうです、シャトー・シュヴァル・ブランと、シャトー・フィジャックとは、まったく同質のものだといってもいい。しかるに、です。サンテミリオンでは、シャトー・シュヴァル・ブランとシャトー・オーゾンヌの二つだけが抜群の酒ということにされ、私どものシャトー・フィジャックは、その下に格づけされています。これは一体どういうことですか」

マノンクール氏の頬《ほお》は、すでに紅潮していた。「とにかく家へ入って下さい」と、シャトーの中へ案内してくれたのは、夕闇がせまって、いよいよ風が冷たくなってくる折から有り難かったが、これは私たちをかばうためというよりは、フィジャックの酒がいかにすぐれているかという資料が家の中にあるためらしかった。

「ごらん下さい。これにはフィジャックがシュヴァル・ブランをしのぐかも知れぬ、と書いてあるでしょう。こういう本の著者こそ、公平にいって、真の批評家ではありませんか。世の中にはモノの道理のわかった人もいるということですよ」

そういって差し出されたのは、れいのゴー・エ・ミヨーの本であった。私は勿論、マノンクール氏の意見に全面的に賛成であるむねを伝えるために、懸命に何度もウナずいて見せた。それで、ようやくマノンクール氏は納得したものか、奥から一九六四年のシャトー・フィジャックとコップを持ってあらわれた。私は初めて感動した。その酒がどれほどウマいかということよりも、マノンクール氏の酒を扱う態度に対してである。コルクを抜くと、テーブルのコップに一つ、三分目ほどに酒を注いだ。そのコップをゆっくり手の中でまわして、ガラスの内側全面に酒を染《し》ませると、その酒を次のコップにうつし、同じようにして、また次のコップにうつす。そのようにして全部のコップを酒で濡《ぬ》らすと、じつにいたましそうな顔をして、ぽいと窓から庭に棄《す》てるのである。そして、あらためて壜の酒を全部のコップに均等に行きわたるように、静かに注ぎ分ける……。勿論、レストランで高い酒を注文したときにも、ボーイはこのようにうやうやしげな手つきで酒を注いでくれる。しかしマノンクール氏の手つきは、そのような職業的な儀礼的なものではなくて、本当に自分が育て上げた生きものを愛撫《あいぶ》し、いつくしんでいるという感情が、惜しみながらコップに酒を注いでいる間にアリアリとこちらに伝わってくるのである。

ところで、その六四年のシャトー・フィジャックはどんな味がしたか——？　これは文章では描写のしようがない。ただ、そのときオツマミに出してくれた平凡なオランダ・チーズが、飛び切り上等のものに思われたのは、おそらく空腹のせいというよりは、この酒のせいなのである。

実際、酒はどんなに上等なものでも酒だけで独立してウマいというものではないだろう。食べものや、周囲のすべてと釣り合ってこそ真価を発揮するものに違いない。ちなみにモンテスキューが尊敬されたのは、「法の精神」のせいばかりではなくて、彼のシャトーの葡萄園がすぐれた葡萄酒を産したためでもある。著書のおかげで酒が売れ、酒のおかげで著書が売れることを喜んで、モンテスキューは次のように書き遺している由。

《私は宮廷で出世したいとは思わなかった。私の領地をたがやして出世したいと思っていた。》

彼のシャトーの前庭で遊んでいるニワトリは、その言葉がいまも守られている証左というべきであろうか。

＊やすおか・しょうたろう（大正9年〜）作家。
＊新潮社刊『快楽その日その日』（昭和51年）収録。

美味は幸福のシンボル・日本編

II

大根

太田愛人

伊豆半島へはしばしば行っているが、三浦半島は近すぎて、かえって行く機会がとぼしかったので、一月に視察にでかけた。瑞泉寺の黄梅は蕾で、水仙はさかりであった。ぬけるような青空、光のかげんでさまざまな色に変わる湘南の海、何度も、「これでも冬なのか」とつぶやいた。

横浜へ移ってから、「いつまでも辺境ではあるまい」と、揶揄《やゆ》されることが多いが、そのつど、「海辺はすべて辺境なのだ」と、自己弁護することにしている。海辺で魚のことを書くのがあたりまえなのだが、そこをひとひねりして大根を味わうなどおつなものである。昨年の暮れに農林省が、「土つき大根の出荷を考慮している」との通知を出したニュースを、よくおぼえている。やっと腰をあげたか、と思った。畑からの出荷と、農協の洗場へ持っていってからの出荷とでは、手間も鮮度も値段もちがってくるし、八百屋から土つきで買ってきたほうが、よほどうまい大根が食えるのだ。泥ネギと洗いネギの値段のひらきを見たらよくわかる。これからネギとおなじく洗い大根と土大根が、八百屋に出ることになろう。われら人生の大根役者には福音である。

三浦半島の名産は西瓜《すいか》と大根で、とくに三浦大根は、練馬が住宅で占領された今、孤塁を守る大根の聖地となった。今冬は大根の当たり年で、うまくて安いのを毎日食った。食っているうち、どうしても現地が見たくて、大根視察となった。油壺でうまい魚を食い、三崎で魚屋をあさってから、半島の辺境、剣崎まででかけた。

音にきこえた広大な畑に、まずどぎもをぬかれた。丘陵全体が大根なのである。しかも冬というのに、緑色した葉が海の青までつづくのである。大根畑ノムコウハ海ダッタ。そしてこのしっとりとした赤土の下に白い大根がいっぱい埋まっていると思うと、身心ともに愉快になる。

戦時中、東京をのがれ、岩手県の辺境に一人住まった高村光太郎は、ときどき花巻の宮沢賢治の実家にいって、蓄音機をかけて西洋音楽を聞くのを無上の楽しみにしていた。バッハの「ブランデンブルグ協奏曲」を聞いて帰ってから、「ブランデンブルグ」と題した詩を書いた。

……大根はいびきをかいて育ち／葱《ねぎ》白菜に日はけむり／権現南蛮の実が赤い。……

この数行だけふしぎにおぼえている。よく字づらを見ると、ソバの薬味にいいものばかりである。変なところでバッハと光太郎とを思いだしてしまったが、人間、感動すると詩を口ずさむものである。まさに湘南の辺境で、大根がいびきをかいて育っているのだ。畑におりていって百姓と話す。美しい風景に目もくれず、大根の生態ばかり写真にうつしているものだから、どこかの農協サンが来たと思っていたようだ。

　重いのは一本三キロもあり、それが一五〇円。晩夏に西瓜採取がおわってから播種《はしゅ》して、冬に掘る。信州の百姓がきいたら、胆をつぶすだろう。大型の大根をのこしておいて花を咲かせて種を採るのは、林業の精英樹とおなじだ。広大な畑なので、機械で種をまく。収穫も重量があるので、どこの家でもトラックをもっている。農協から、白く洗われた大根が、山のように積まれて出荷されていく。その白さが美しかった。洗う手間がなくなればいいのだが、都会の衆は大根の土をきらう。なげかわしいことである。

　産地で旬《しゅん》にあうことは幸運である。彼らはいちばんうまい食いかたを知っているのだ。買ったついでにきくと、「繊切《せんぎ》りにして鰹節をかけて食うのがいちばんいい」と教えてくれた。おろしは水っぽくていけないし、あの軽快な歯ざわりがない。農協仲間と勘ちがいしてか、「折れた大根を皆タダでやるから持っていけ」といわれ、くそ力をだして、大根の運び屋よろしく帰還した。

　帰宅してからまず、柏原の中村与平名人手打ち包丁をといで、繊切りを試みる。育ちのいい大根は切れ味からしてちがうのだ。その快さは抜群である。この包丁を入手したころ、時なし大根の種をまちがえて宮重をまいたため畑が時ならぬ大根の花ざかりになったことなど、柏原の畑のハプニングを思いだす。いまは厚い雪の下になっている黒土畑もなつかしい。

妙な感傷にひたりながら大皿いっぱいの繊切り大根をつくり、食魔と化して食いはじめた。消化力抜群とあって腹はへるし、妙に水っぽくなったので、飯をたいて食い改めをすることにした。葉が大きくうまそうなので、茎をみじんに切って、海辺で買ったシラス干しをまぜて大根茎のかき揚げをしておろしをかけ、葉は味噌汁《みそしる》にして、材料費一〇円也の大根てんぷらで舌鼓をうった。これくらい利用されれば、三浦大根も本望であろう。

＊おおた・あいと(昭和3年〜)随筆家。
＊筑地書館刊『羊飼の食卓』(昭和54年)収録。

横浜あちらこちら

池波正太郎

　私が子供のころの、東京の下町に住む人びとにとっては、その居住地域が一つの〔国〕といってもよかったほどで、たとえば浅草なら浅草、下谷なら下谷に住んでいれば、そこで、ささやかながらも生活のすべてが過不足《かふそく》なくととのえられていったのである。

　仕事をもつ男たちは、他の土地へも町へも出て行ったろうが、女や子供たちは、ほとんど一年中を自分が住む町ですごした。

　そこには、かならず、小さいながらも映画館があり、寄席があり、洋食屋も支那飯《しなめし》屋《や》も、蕎麦屋も鮨屋もあって、目と耳と口をたのしませる手段に、

「事を欠《か》かなかった……」

　ものなのだ。

　私のように、ひとりきりで、小学生のころから、皇居周辺の景観を写生に出かけたりするような子供はあまりなかった。そうした無謀《むぼう》のふるまいを、親たちがゆるさなかった。

　もっとも私にしても、市電（都電）に乗って麹町や赤坂あたりへ出かけて行くことは、前夜から胸がとどろくおもいがしたものだ。

市電へ乗り、見知らぬ町での、車掌に乗り換えの方法を教わるときの不安感は、まるで異国へわたったときの心細さなのだった。

雑誌や絵葉書で見た東京の、まだ見知らぬ景観を、子供たちは自分の眼にたしかめたかったのだ。

私ども小学生は、そうした見知らぬ土地へ出かけて行くことを、

「冒険《ぼうけん》」

と、称したのである。

大河内伝次郎や阪東妻三郎が演じた中山安兵衛の高田馬場の十八番斬りを映画で見て、その現場をたしかめようではないかと、四、五人が東京の地図をひろげて相談をしたときの胸のときめきは、いまも忘れない。

あれはたしか、小学校の三年生のときだった。

上野駅から省線（いまの国電）に乗り、山手線で高田馬場駅へ下車するまでの時間の長さというものは二時間にも三時間にも感じられた。

そして私たちは、道をたずねたずね、ついに、戸塚町の一隅にある〔高田馬場仇討址〕の石碑を見つけ出し、これをクレヨンで写生したりした。

一度行くと、もう安心だ。

そのときの友だちとは、月に一度ほど、高田馬場へ出かけるようになってしまった。近くには広大な戸山ヶ原があり、陸軍の射撃場もあったし、その向こうは近衛の騎兵連隊だった。

早稲田大学をはじめて見たのも、このときで、

「へえ。これが大学っていうのか……」

「おれたちの学校とは、くらべものにならないね」

などといい合い、瞠目《どうもく》したものだが、そのくせ、私たちの町からも近い本郷の帝国大学（いまの東大）を私が見たのは、五、六年も後のことだった。

こうした私だっただけに、自分が住む東京という都会が海にのぞんでいることを、頭で知ってはいても、わが目にたしかめたことはなく、実感がともなわなかった。

子供のころ、深川の親類のところへ、母の使いで度《た》び度《た》び出かけたが、東京湾を見る場所ではなかったので、湾と港の全貌を知ってはいなかった。

冬の晴れた或日に、上野の松坂屋デパートの屋上にいて、彼方に富士山を望見したときのおどろきを何と形容したらよかったろう。

そのとき、いっしょにいた母の叔父が、「あれは富士山だよ。むかしは、東京の何処からでも、よく見えたものさ」

などと説明してくれなかったら、私は到底、信じ得なかったろう。

＊

小学校の五年生のころだったとおもう。

長らく東京に住んでいた母方の親類が横浜の磯子へ転居したので、祖母が、

「荷物をもって、ついて来ておくれな。五十銭あげるよ」

といったので、むろん、ついて行った。

上野駅から横浜の桜木町駅までの道程は、とても高田馬場どころではない。学校の遠足は別として、私にとっては、はじめての大旅行だった。

電車の窓から海が見え、汽船が見え、さまざまなクレーンが見えた。桜木町駅から乗り換えた市電で磯子へ行くまでの間、海はもっと近くせまってきた。

山国の子は、はじめて海を見たときにはびっくりするというが、東京に生まれ育った私だって、そうだったのだ。そして、この年の夏には、母の従弟に連れられて由比

ヶ浜へ海水浴に行き、六年生になっての修学旅行には日帰りで鎌倉見物というわけで、たてつづけに海を見ることになる。

私は小学校を出ると、すぐ、はたらきに出た。

そして三年ほどたってから神田の〔シネマ・パレス〕という小さな映画館で、ジュリアン・デュヴィヴィエの名作〔商船テナシチー〕を観《み》たのである。

〔シネマ・パレス〕は戦後しばらくの間、健在であったが、いまはもうない。むかしは洋画の再映が多かったので、映画ファンがつめかけた。

ともかくも、私は〔商船テナシチー〕に、すっかりまいってしまった。翌日も出かけて観たし、さらに一年後、浅草の映画館で上映されたときも観た。戦後も二度観た。

この映画の舞台は、フランスのル・アーヴル港である。

そこへ、パリからカナダへはたらきに行く二人の若者がやって来るのだが、二人が乗船する商船テナシチー号は故障のため、出帆が半月ほども遅れてしまう。

仕方なく、二人の若者は港ではたらきながら出帆の日を待つのだが、その半月の日々が二人の運命をおもいもかけぬ潮に乗せ、狂わせてしまうのだ。

雨の港のわびしさが、トランペットの音と共に、私たちの胸をしめつけずにはおかなかった。この映画を観てから、私は久しぶりに横浜へ出かけて行き、今度はゆっくりと、地図を片手に諸方を見て歩いた。

そして、

（東京の近くに、こんなに、すばらしいところがあったのか……）

と、おもった。

それからは何度も出かけた。しだいに深入りをして、ニュー・グランド・ホテルへ泊り、朝から夜までの港を歩きまわり、すこしも飽《あ》きなかった。

そのころの横浜のエキゾチシズムを何と語ったらよいだろう。

秋になると港には夜霧がたちこめ、その港の霧が弁天通りのあたりまでただよって来て、ペルシア猫を抱いた異国の船員がパイプをふかしながら、霧の埠頭《ふとう》を歩いて来て、自分の船へあがって行くのを見て、わけもなく感傷に浸《ひた》ったりしたものだ。

朝早く、黒人が馬車にパンを積み、山下通りをゆったりとやって来る。食べたくもないのに、このパンを買ったりしたものだ。

当時の横浜の人びとには、明治以来の開港地の人情と、さっぱりとした気性《きしょう》が濃厚に残っていて、ことに若い女たちの明るい、奔放《ほんぽう》ともいえる言動と人懐《ひとなつ》っこさが私をおどろかせた。それは東京の女たちにはない、一種、特別なものだったようである。

弁天通りのカフェ〔スペリオ〕へ、よく出かけたのも、そのころだった。この通りにあったスーヴニールの店も落ち着いた店構えで、しゃれたレストランや酒場、骨董《こっとう》店などが立ちならぶ町すじの雰囲気が、何ともいえぬものだった。

〔スペリオ〕の女給さんたちは、若い私たちをからかいながらも、いろいろと親切にしてくれたし、私たちは鰈《かれい》のフライで白葡萄《ぶどう》酒をのんだりして、一人前の大人になったような気分だった。豊満な肢体の美しい女性を私は、この店の〔マダム〕だとおもっていた。のちに私が海軍へ入り、横浜航空隊へ配属されたとき、はじめての上陸（休日）の日に〔スペリオ〕へ駈けつけ、東京の我家へ電話したときも、この〔マダム〕がいて、

「あら、正ちゃん。いつ、海軍へ入ったの。あんたなんか海軍へ入ったら、ひょろひょろしていて、死んじまうんじゃない？」

と、やっつけられた。

横浜から東京まで行くことは禁止されていたので、電話で打ち合せをし、つぎの上陸日に、母が海苔巻やら菓子やらを持って横浜へやって来た。まさか〔スペリオ〕へ

連れて行くわけにもまいらぬ。そこで山手の外人墓地へ行き、海苔巻を食べ、私は腹に巻いてきた配給のサラシ布を母にあたえた。

＊

数年前の或夜。横浜在住の老友と関内《かんない》を歩いていたとき、いきなり〔スペリオ〕の電気看板が目に飛び込んできた。そこは弁天通りではなく、常盤町の細い通りだった。

「あのスペリオっていう店、もとは弁天通りにあったスペリオですか？」

私が尋《たず》ねると、老友は「そうだ」と、すぐに私を案内してくれた。

この夜、マダムは故郷の長崎へ帰っていて、店にはいなかった。そのとき聞いたのだが、弁天通り時代には〔マダム〕ではなかったそうな。戦後、店が、いまの場所へ移ってから女主人になったのである。

〔マダム〕は四年前に長崎で亡くなった。五十八歳だったそうな。亡くなるすこし前に長崎のおくんち祭を見物しているマダム……石川貞の写真が、いま私の手許にある。まさに、往年を彷彿《ほうふつ》せしめる明るい笑顔だ。

〔スペリオ〕は、いまも健在である。

伊勢佐木町の支那飯屋〔博雅《はくが》〕の店構えも、むかしのままだし、挽肉《ひきにく》に貝柱をまぜた焼売《シューマイ》の味も変らぬ。

それに、曙町の牛なべ屋〔荒井屋〕も繁昌している。博雅も荒井屋も創業以来七、八十年になるのではないか。以前の、いかにも牛なべ屋らしい店構えが、近年はすっかり改築されてしまったけれども、何といっても安くてうまい。

いまから十年ほど前、荒井屋では八百円でロース鍋を食べさせたし、玉子のついた〔あおり鍋〕は四百円ほどだった。外国人たちもよくやって来た尾上町の〔竹うち〕も、いまは大きなビルディングになってしまい、むかしの、なつかしい店舗に看板だけが残っている。

それから〔スペリオ〕の、すぐ近くにあるカクテル・バーの〔パリ〕も、私には忘れがたい店だ。

〔パリ〕の主人は田尾さんといって、もとは貿易商だったと耳にしたことがある。

むかし、よく横浜へ来ていたころ、私にウイスキーの味をおぼえさせてくれたのは、田尾さんだった。

その田尾さんも、亡くなってしまい、いまは、それこそ往年のスペリオのマダムをおもわせる女性が一人きりで立飲台の向こうに立って、カクテルをつくってくれる。その腕前は相当なものだ。そして店の雰囲気は、むかしの田尾さんのころとすこしも変っていないような気がする。

椅子もない立飲台だけの、しかも、まことに上品な店である。

戦後になって、私は夜ふけの伊勢佐木町の居酒屋（兼）食堂の〔根岸家〕へ、よく出かけて行き、各国の異邦人と日本の男女が織りなす奇々怪々の世界を垣間《かいま》見ることに熱中した一時期があった。

そのときに得たものは、いまの私の仕事の一部分となって残っていてくれている。

中華街の大通りから一筋外れたところにある支那飯屋の〔徳記〕も、その時期の私が見つけた店だ。あえて、むかしふうに支那飯屋とよびたい。

さびれた裏通りの袋小路の奥にある〔徳記〕のラーメンのうまさは、横浜出身で、明治末期の支那飯屋のラーメンをなつかしがっていた亡師・長谷川伸に、ぜひ、食べさせたかった。亡師は「ラーメン」といわずに「ラウメン」といった。

手打ちの、腰のつよいそばが、いまでも食べられる。

店も改築され、料理の数も増えたが、この店の気やすさと安価でうまい料理にはたくさんのファンがついているのだ。

先日も四、五人で行き、あれもこれもと注文しかけたら、若い女中さんが「まず食べてから、つぎのを注文したらいいヨ。そんなに食べきれないヨ」と、いってくれ、この店の飾り気もない親切さを、われわれは大いにうれしがった。

これからは暇をこしらえて、度《た》び度《た》び、横浜へ行きたいものだ。そして横浜を舞台にした小説を書きたいものだ。

＊いけなみ・しょうたろう（大正12年～平成2年）作家。

＊平凡社刊『散歩のとき何か食べたくなって』（昭和52年）収録。

どぜう

獅子文六

〝どぜう〟なんて書くのは、法度だろう。

どじょうと書くのかも知れないし、また、特に旧かな使いを主張する小生ではないが、泥鰌《どじょう》だけは〝どぜう〟あるいは〝とせう〟でないと、食い気が起こらない。

駒形のどぜう屋は、大きな字で〝どぜう〟と書いて、文部省の眉をひそめさせている。といって、〝どぜう〟の好きな役人もいるだろうから、あの店へ行って、文句もいわずに、丸鍋《まるなべ》か何か食ってるだろう。

私は、あの店が好きで、若いころから出かけている。ある雑誌から、〝東京の好きな一隅〟という問いを出されて、私は、駒形のどぜう屋か、神田のヤブの店内の一角という答えを書いたが、それは、青天の下に、東京の好きな一隅を失った悲しみを、訴えると同時に、両店の混雑する店さきが、不思議と、私に落ちつきを与える事実をいいたかったのだ。ああいう店で、一本か二本の酒を明ける間の心のしずまりは、ちょっと、他に求められぬものがある。

毎年、盛夏になると、S社の社長が、私を駒形に連れて行くならわしがあったが、近年、井上靖君も加わるようになった。

井上君は、最初、マルの鍋を気味悪がって、柳川か何か食べていたが、私たちが、あまりウマそうに食うものだから、しまいに、恐る恐る、ハシを出した。

「これは、なかなか、ウマいですな」

大変、マジメな人が、マジメの極の顔で、そういった。その翌年からは、柳川鍋はやめたようだった。

マルの鍋は、ほんとにウマい。近ごろ少食の私でも、五、六人前は食べる。それでも、腹にモタれない。

一体、酒飲みは、どぜうを好くようだが、裂《さ》いたどぜうより、マルのどぜうを好く人の方に、ほんとの酒飲みがいるようである。ところが、酒飲みの友人は多いが、駒形へ行こうといっても、賛成するのが少ない。つい、それで、出かける度数が、少なくなる。

大阪の文楽座の前に、たこ梅というおでん屋がある。維新前からやってる店だが、そこのタコよりも、スズの大徳利の酒よりも、私が最も愛するのは、店のフンイキである。庶民を対手《あいて》に長い年月、良心的な商いをしてるというものは、おのずから風格を生ずるので、そのフンイキの中で、安心して、飲食できるのである。安心ということは、飲食に絶対に必要なものである。

駒形とたこ梅は、この種の店として、東西の双璧であろう。このごろは観光バスが駒形に寄って、乗客が食事をする例のように、なに、そんな名所というわけではない。京都にも、どぜうの専門店があって、一時は、東京へも支店を出したことがあった。私は、両方へ食べに行ったが、これは、どぜう料理屋であって、どぜうのテンプラまで食わせた。どうもウマいとは申しかねた。すべて京都好みで、キレイゴトにどぜうを扱おうとする点に、ムリを感じさせた。どぜうなどというものは、いくら気取ったって、ハエるものではない。

手をかけないという意味でも、裂いたどぜうよりも、マルのどぜうの方がいい。マルの柳川鍋も、悪くはないが、やはり、駒形風のスキヤキがいい。しかし、あれは、マルのどぜうの下煮が、素人《しろうと》には面倒だから、家でやる時は、どぜう汁にかぎる。

ミソ汁で、酒のサカナになるのは、私には、どぜう汁だけである。つまらんサシミやスノモノより、何倍か、ありがたい。もっとも、酒の時は、汁はあまり吸わない。どぜうだけ、つまみあげて、サカナにするのである。いかにも死骸になりました、という風な、マルのどぜうを、椀のフタにとって、食べてると、女性は、あまり、いい顔をしてくれない。

どぜう汁は、ささがきゴボウがはいると、きまったものである。しかし、私のどぜう友だちのS社の社長の家で、こしらえるのは、ゴボウのほかに、新里芋とか、インゲンとか、ナスなぞも入れる。九州あたりの料理法かと思われる。最初、私は、芋のはいったどぜう汁なんて、食えるものかと思っていたが、食べてみると、案外、ウマい。里芋のヌルヌルしたところが、どぜうと調和する。最近もご馳走になったが、たしかに、野趣があって、珍種のどぜう汁である。

どぜう汁は、手が掛からず、かつ、好物なので、夏になると、たびたび家庭で試みるが、むろん自分で台所へ立つほど、カイ性はない。せいぜい、口でやかましくいって、細君につくらせるのだが、女性には、ニガ手の料理であるようだ。

生きたどぜうでなければ、意味はないのだが、そのまま火にかければ、残酷物語の一節を演じることになり、女は、それをいやがる。

うちの細君が嫁にきた時に、どぜう汁なぞ、食ったこともないというのを、しいて、やらせてみた。

どぜうを、酒で殺すことを教えてやると、

「どぜうが、大変、暴れますよ」

と、報告にくる。

どぜうは、酒好きではないから、杯に二、三ばいの酒で、七転八倒するが、やがて、とても、静かになる。酔ったのか、急性アルコール中毒になったのか、とにかく、すっかり落ちついてしまう。

「それ見ろ、もう大丈夫だ」

それで、いよいよ、ゴボウを入れたミソ汁に、投入する段階となったが、火がきいてくると、細君は、恐怖の表情を現わした。酒をかけられてさえ、大暴れをしたどぜうが、高熱で身を煮られては、黙っていないと、考えたのだろう。

ところが、火がきいてきても、どぜうは、わずかな動きしか示さない。

「あら、ゴロンと、寝返りを打ちましたよ。いい気持ちなんでしょうか」

いい気持ちなわけはないが、地獄のカマウデというほどの苦痛には、見えない。酒で殺すという古人のチエは、立派なものである。

うちの細君も、いつか、どぜう汁の製法に慣れて、このごろは、キャアキャアいわなくなった。しかし、食膳に向かう時になると、汁は吸っても、どぜうは食べないようである。

マルのどぜうは、やはり、男子専科か。

＊しし・ぶんろく（明治26年〜昭和44年）作家。
＊ゆまにて出版刊『私の食べ歩き』（昭和51年）収録。

東京の食べもの

高橋義孝

東京の食べものといったら、やはり握り鮨、天ぷら、そば、鰻であろうか。料理はやはり上方にはかなわない。東京の料理も今では大方上方風になってしまったが、しかし関東風の料理もないことはない。名前は知っていたが、行ったことのなかったさる料亭へ出かけたら、ここのうちの料理は関西風ではなかった。では、どう関西風でないかというと、これは言葉でうまく表現することはできない。強いていえば、味がさっぱりしていて、あまり味醂《みりん》が使ってなくて、どっちかといえば塩気が多い。関西の割烹《かっぽう》料理は、このごろの私には少ししつこい気がするし、京都の料理屋さんの料理は変に薄味で物足りない。やはり自分は東京の人間なんだなあと合点することしきりである。

鮨は今では高級料理になってしまった。二人で行って、ちょっと飲んで、少し食べると、もう何万円という勘定である。銀座辺りの名のある鮨屋やホテルの中にある鮨屋は敬遠するにしくはない。そうかといって、東京の町の中にある無数の小さな鮨屋さんの鮨もどうもいけない。遠い外国の海で採れた魚の冷凍したものを使うからである。ちょっと小気の利いた、たねをずらりと並べて繁昌している鮨屋も、季節外れのたねが並んでいるということからしてすでに怪しい。活きものを使っていない証拠である。活きものというのは、冷凍ではないという意味である。

先日、偶然自分が生れ育った辺りを歩いていて、むかしうちでよくとった鮨屋さんがまだ暖簾《のれん》をかけているので、懐しくなって中へ入った。ところが出された鮨は完全に落第であった。鮨というものは、たねの大きさとごはんの分量との釣合が取れていなくてはいけないというのは、山口瞳君の名言であるが、そこのうちではごはんの分量がやたらに多くて、しかもごはんが柔かい。にちゃにちゃしている。まぐろは一目でインド洋あたりと解るようなまぐろである。（しかし東京の鮨屋で本まぐろ、しびを求めても、それはもう求める方がむりであろう。本まぐろの魚河岸への入荷は少い。何日も入らないことが普通である。たとい入荷があっても、しかるべきところへ捌けてしまって、東京の町中の小さな鮨屋さんには到底行き渡らないのである。）そうかといって、高級な鮨屋やホテルの鮨屋で出されるような、ごはんが小指の先ほどしかなくて、たねが左右へ長々と寝そべっているような鮨も困る。ここで山口瞳君の名言が生きてくるのである。

しかし現在では、東京には東京の人間は少く、日本各地から上京してきた人間が圧倒的に多いので、町の小さな鮨屋さんも、文句もつけられずに、結構商売になって行くのであろう。それにしても今では東京名物の握り鮨は消滅したというべきではあるまいか。(例外はある。)

天ぷらも昔風の東京の天ぷらにはもうお目にかかれなくなってしまった。(ここにも上にいった東京の実質上の住人、主人は誰かということが引っかかってくる。田舎の人は昔の東京風の天ぷらを知らないから、現在の天ぷらで満足しているのである。)第一、現在の天ぷらはお上品すぎる。まるでフランスの小さなお菓子のようである。第二に、天ぷら屋さんの商売のやり方が昔とはがらりと変ってしまった。鮨もそうだが、天ぷらも、もとはといえば決してお上品な食べものではなかったと思う。むろん立派な店構えのうちもあったが、どちらかといえば屋台で食べたものである。そして客の目の前にたねがずらりと並んでいて、客は好みに応じて、あれを揚げてくれ、これを揚げてくれと註文したものだが、現在ではそういう方式で商売をしているうちは恐らく一軒もあるまい。客が坐れば何千円かのワン・コースが始まる。揚げ句の果にメロンが出てきたりする。よしゃぁがれ、誰が天ぷら屋へメロンを喰いにくるんだと啖呵《たんか》の一つも切りたくなる。どうしてア・ラ・カルト方式からタブル・ドート式に切り替ってしまったのか、そこのところが私には解らない。しかしここにも、東京の住人の圧倒的多数が日本各地から上京してきた人たちだということが絡んでいるのではなかろうか。天丼というものがなくなってしまって（むろん今でもそこらのそば屋さんへ行けば天丼はあるにはあるが、むりもないことだと思うがたねが全然だめである。）、あれは何というのかよく知らないが、変な重箱みたいなものに入れたのが今日の天丼である。私などは下司《げす》の育ちのせいか、天ぷらはどんぶりでないと感じが出ない。これは鰻の場合も同じで、鰻もやはりどんぶりの鰻丼で食べたいのだが、もう今ではどこの店もどんぶりは使わない。あの合成樹脂の重箱まがいのものは、落しても割れないので、それであれが重宝がられているのかも知れない。

　さてそばだが、そばも今では町の普通のそば屋さんでは機械を使って打ったり切ったりしているようである。しかしそばの場合はそば汁《つゆ》が問題である。普通のそば屋さんのそば汁はどうもいけない。恐らく手間をかけずに作っているのであろう。（この「手間をかけずに」ということは、今日のような民主主義の大衆社会の最大の欠点だと思う。つまり何でもインスタント・ラーメン的になってしまうのである。そして皆、インスタント・ラーメンをまずいとは思わずにいるらしい。味というようなものは、もう現在の日本には住みつけないのであろうか。また風韻《ふういん》とか深みとかいうような文化の精神的価値も。）

私がよく行くそば屋さんは、昔風に手を抜かずにそばを作り、そば汁を作っている。そこの御主人がある時私に「ただ（製造の過程の）一箇処だけ機械を入れております」と言った。この告白は非常に貴重だと思う。機械の出来ることには限度がある。コンピューターは素晴らしい機械だと思うが、コンピューターを作ったのは人間なのであり、人間の手は無限の可能性を秘めているのである。

最後に鰻であるが、鰻の料理の仕方だけは昔の東京のままであろう。けれども材料の鰻そのものはもう天然ではない。天然鰻を使っているうちもあることはあるが、不思議なもので、養殖鰻の味に舌がならされてしまったせいか、たまさか天然鰻を口にすると、何となく泥臭い気がする。最初は養殖鰻の肉が何だか頼りなくて、カステラでも食べているようで面白くなかったが、つくづくなれというものは恐ろしいと思う。というわけで、握り鮨、天ぷら、そば、鰻はなるほど東京の食べものには違いないが、それらはもはや昔の東京の食べものではない。いろいろな点で今では昔の東京の食べものの形骸をとどめるばかりになっている。食べもの、料理の仕方などというものは、一寸考えるといつまでも変らないようであるが、さにあらず、やはり刻々と変って行くのである。

しかし広い東京には昔の味、昔風の料理の仕方を残しているうちがないこともない。鮨、天ぷら、そば、鰻、皆そうである。そういううちはどういうものかきまって値段が安い。値段までもやや昔風なのである。

ところで私は自分がひいきにしている店をなるべく他人《ひと》に教えないようにしている。そういう店は大抵大きなうちではない。だから人がどっと押しかけたら潰れてしまうか、店を大きくして、食べものの味を落すかのどちらかになってしまう。またインスタント・ラーメンになじんでいる人がわざわざそういう店へ出かける必要もあるまいと思う。インスタント・ラーメンから昔風の味へは何段階かの階梯《かいてい》があって、その階梯を消化して初めて昔風の味が解るわけで、その何段階かを飛ばして、いきなり本物に飛びついても、うまくも何ともないだろうにと思うのだが。――


*たかはし・よしたか（大正2年～平成7年）独文学者、評論家。

*文化出版局刊『蝶ネクタイとオムレツ』（昭和53年）収録。

はも、あいなめ、鮑

金子信雄

梅雨《つゆ》時のテレビ映画の撮影は、つねに天候に左右される。新幹線始発の電車で京都へ行き、セットに入ったが、ワンシーン撮っている間に、いままでの小雨模様に雲の切れ間が出来、晴れてきたので、急ぎロケーションに切り替え、セットは中止。東京に仕事のある私は、京都滞留二時間余りで、東京へ逆戻り。

だが、私にはそれが、ちっとも苦にならない。錦小路《にしき》市場へ素見《ひやかし》に行く楽しみがあるから……。

午前十一時、ニシキは、新鮮な野菜、魚をはじめとして、煮物、焼物のキラキラのお惣菜が出揃い、客を待つ。

ところが行ってみると、なんと、店のほとんどが休んでいるではないか。

粟餅屋が休み、もろこ、八幡巻を買おうとした川魚屋も休み。いつも、温かい気配りをしてくれる八百屋の川政も戸が閉《た》てられている。歯欠《はっか》けどころか、欠けたところに店があるくらい。

せっかく来たのにと、ひどく気落ちしながら、歩みを京極通りの方に運ばせる。遠くに、「丸弥太」のお内儀《かみ》の忙しく働く姿を見て、はじめてホッとした。

この十年、ニシキは店の様子がだいぶ変ってきた。そのひとつは、食堂の増えたことだ。つまりはそれだけ、素人が買い出しに来るようになったのだろう。

地味な京都人は、ニシキの品物は高くなったという。それには、私も同感。その原因は、私のような東京人が、ニシキニシキと、田舎ッペの官軍よろしく、騒ぎたてたからだ。その点、深く、反省しております。

「なににしましょ。ハモ、どうでっしゃろ。これから、梅雨の水呑んだハモは、美味《おい》しいおッせ。それに、アイナメも旬《しゅん》どっせ……」

気性のいいお内儀さん、手早く、活《いけ》ジメのハモを、落としに作り、アイナメと鮑《あわび》も一緒に包んでくれる。

「奥さんにどうぞ……」申しわけない。いつも頂くばかりで……。京都の一流の料亭が仕入れる店の上前をはねるようで、いつもザンキ――。

魚は鮮度が勝負である。東京の仕事をスッポカして、家に帰り料理にかかる。

まずは、ハモの落とし。片手鍋に、湯を煮たたせ、塩をほんのひとつまみ入れ、ハモの皮を裏にし、湯の中で、ひと切れずつ湯びきする。シャブシャブと濯《すす》いで肉が白くなったら、すぐにひきあげ、氷水で冷やし、ザルにとり、水気を切る。ボタンハモは、落としに、吉野葛《くず》をまぶし、同じく湯にくぐらせる。これは吸物用に使う。

ハモ落としは、ワサビ醬油か梅肉酢で食べる。私の梅肉は木屋町の〝瓢正〟の主人から教えてもらったものを自己流にしたもの。梅の果肉をとり、日本酒の煮切りと昆布出し少々、うす口醬油をたらし、すり鉢でよく擂《す》って出来上り、味醂《みりん》・化学調味料を入れるときもある。

清《すま》し汁は、ハモの頭と骨を湯に入れ、煮たたせ、水のうの上に漉《こ》し紙を置き、漉してから昆布出しと半々に合せ、うす口醬油で品よく仕立てる。ボタンハモを椀に入れ、清し汁を濯ぎ入れる。胡瓜《きゆうり》のかつらむきか、薄いソギ落としを色どりにする。土生姜《しようが》のしぼり汁をホンのひとたらし、落とすのが、私の好味《このみ》……。

アイナメの煮付は、お玉に三杯ほどの日本酒と半分ほどの味醂を煮たたせ、火をつけて、アルコール分をとばし、昆布出しお玉一杯ほどを足し、醬油を入れ、煮たたせた汁の中に針生姜と一緒にアイナメを入れ、落とし蓋で煮る（甘味を濃くしたい時には醬油を入れる前に砂糖を入れる。これはアイナメ二本分の分量）。

鮑《あわび》は、塩を多量にすり込み、身を締め、水洗いして、わさびおろしの柄を使って身を離すが、無い場合には、大さじを伏せて使う。刃物は禁物。腸は生酢か、軽く煮付けて食べると良い。強精食なり。後書きになったが、身は水貝なり、さし身なりお好きなように。

＊かねこ・のぶお（大正12年〜平成7年）俳優。
＊講談社刊『腹が鳴る鳴る』（昭和50年）収録。

里の味

立原正秋

去年の秋「芸術新潮」の仕事で京都に行ったとき、京都のまちから車で一時間ほどかかる洛北の里に山菜料理を食べによった。山菜料理というのはだいたいがおいしいものではない。それ自体がもっている味はよいが、それほど食べられるものではない。湯搔いて削節と醬油をかけて出されると、なんとも味気ない風景になる。そこに工夫がなければとても箸は動かない。

ところがこの洛北の里の山菜料理がおいしかった。工夫がなされていたのである。この里には山菜料理を食べさせてくれる店が数軒あるが、たぶん私が行った店はいちばん良い店だろう。工夫の仕方が都会的でありながら、しかもそれを感じさせない。会席料理でありながら里の味が残っているのである。みごとな味だった。味をほめたら、あるじ夫婦があいさつにきた。まだ若い夫婦で、どこで修行したか、ときいたら、しかじかのところで修行したが、その味をこの山里の味とどう合わせるかで苦労した、と語ってくれた。頭のひくい気持のよい夫婦だった。この店の在所をここに誌すわけにはいかない。味のわからない奴が大挙して押しかけるからである。

味覚は人間の感覚のなかで有機感覚に属しており、いわば下等な感覚の部に入る。生活感覚といってもよい。この下等な感覚をどうやって上等なものにして行くか、つまり重力に応じた個所をさがし求める、これが味覚だろう。からい、すっぱい、あまい、にがいをどのようにして自分の舌に適した味に融合させるか、これは味覚の平衡感覚の問題である。個人的な問題だろう。

味覚にも垂直、水平、奥行がある。わかりやすく述べると、垂直は上下、水平は左右、奥行は前後、という言葉におきかえてもよい。味にも上下があり、たとえば甘さにも左右があり、辛さにも奥行がある、といったらもっとわかりやすいだろう。もっとわかりやすくいうと、魚を干物にするのに、粗塩《あらじお》をふるか合成塩をふるかのちがいである。塩によって味がちがってくるわけである。

その意味でこの洛北の里の味は完璧であった。

洛北〇〇〇寺

門前山菜料理つく

しわらびぜんまいたんぽ

ぽいたどりやまうどたけ

のこむべあけび色々

ともらったマッチ函に刷ってあった。

〇〇は前にも誌したように在所だから教えられない。土筆《つくし》、蕨《わらび》、紫萁《ぜんまい》、蒲公英《たんぽぽ》、虎杖《いたどり》、山独活《やまうど》、筍《たけのこ》、郁子《むべ》、木通《あけび》だけは教えておこう。きのこだけでも松茸、湿地《しめじ》、舞茸のほか数種類が出てきた。それぞれに独特な味つけがしてあり、酒によしめしに合った。かかっている歯医者のちょっとしたミスで口内炎をおこし、ものが食べられなかったのに、この山里の味をほめたのは、よほどおいしかったということだろう。

味覚にも節操というものがある。時流に支配されず、おのれの舌に誠実であるのをそう呼んでもよい。炭火で焼きあげた魚とガス火で焼いた魚では味がまったくちがう。私はいまだに炭火で焼いた魚しか食べない。したがって一流料亭で出される焼魚は一箸つけてしまいにする。ガス火で焼いてあるからである。炭火とガス火とでは、焼きあがりの色、輪郭がはっきり異なっている。私の場合これは自分の目と精神の問題で、三角を四角にみることは出来ない、といった単純なことにすぎない。単純だが複眼であることにはまちがいない。

洛北のあの店にでかけ、この単純で複眼の味覚をもういちどたしかめてみたい。

＊たちはら・まさあき（大正15年～昭和55年）作家。

＊角川書店刊『旅のなか』（昭和52年）収録。

お雑煮

大村しげ

このごろのわたしは、だれかれなしに、お宅さんのお雑煮はどんなんどす、と、聞いてみる。というのは、先ごろ、こころやすうしている方から、

「うちのお雑煮は、ねぎともちだけどすね」

と聞かされて、ちょっと意外やったからである。その方は、れっきとした京男。それに意外に思うたのである。以後、わたしはよその家のお雑煮に興味を持つようになった。

そのお宅は、おじいさんの代に石川県から京都に移られたそうで、三代目の当主はもう京都人になりきっておられるけれど、お雑煮だけはふるさとのとおりを受け継いではるのんやと。おこぶだしで、おねぎをいれ、おもちは焼かずに煮もち。そして、おすましやそうな。

「これやないと正月の気分が出まへん」

と、いうことである。お雑煮はふるさとの味やろうか。京おんなの奥さんも夫唱婦随ということらしい。後世、ご先祖さんの出身地がわかる。

ご存じのように、京都のお雑煮は白みそ仕立てで、人の頭になるようにと、大きい頭いもが一人に一つ、そして、こいもとお雑煮大根の薄い輪切りと、まるい小もちと、

角のないもんばっかりである。まったりと甘いおつゆで、おもちは別にたいたのを入れる。それから、祝いぎわには花がつおをふうわりとかけて――。

この間、このお雑煮を東京の人にすすめたら、京都の雑煮は甘うてかなわんという人の気持がようわかる、と、いいもって、それでもぼくは甘党ですから頂きますけどね、と、のつこつしてはった。一方、ごいっしょやった京の男性は、この頭いも、うまい、と、舌つづみをうってくれはった。

人はみな、生まれ育ったわが家のお雑煮が、いちばんおいしい。そして、その味を固守してはるのは、わたしの知る限り、おんなよりも男のひとである。そやから〝おんなは損や〟と、彼女は怒る。

滋賀県から京都へ嫁してきた彼女、差し向かいの気楽さから、自分流のお雑煮を作ろうとした。そうしたら、だんな様は京風のを所望されるので、毎年、しぶしぶ白みそのお雑煮を作ってはる。こんなん、どこがおいしい？　といいもって。

また、結婚このかた、白みそのお雑煮は祝うたことがないので、お正月になると、京都へ帰って、わが家のお雑煮をたらふく食べてみたい、という女《ひと》。どっちへ回っても、おんなのほうが辛抱をしていて、やっぱり損やな、と、おもう。

もともとお雑煮は、男のひとが炊くもんやった。それが、いつの間にやらおんなが炊きだして、きっと、戦争中に男手がのうなったからやろう。それがそのまま続いていて、よっぽどの旧家でない限り、お雑煮を炊くのはおんなの役。それやのに、なんで思いどおりにならんのやろう。先の彼女も、お雑煮だけは絶対あかん、と、男性の保守性にサジを投げてはった。

「お雑煮を祝うとき、ぼくにはまだへその緒がついてると、いつも思うよ」

という彼は、東京の下町生まれ。京都が好きで好きで、いまでは〝ぼく江戸っ子どす〟やなんて冗談をいう。もう二十年の余も京都で暮らしているのに、お正月になると、しょせん自分はよそ者やなと、急に京都がよそよそしいなる。京都のうす味にもなれたし、うす味のおいしさもわかるようになった。けれど、お雑煮だけは、やっぱりふるさとの味が恋しい、と。

＊おおむら・しげ（大正7年～平成11年）随筆家。
＊冬樹社刊『冬の台所』（昭和55年）収録。

赤穂の穴子、備前の蟹

山口　瞳

だいたい同じ所

漠然と、兵庫県の竜野という所へ行きたいと思っていた。どうしてそう思うようになったのか、これがハッキリとしない。なんでも大層景色のいい所だと聞いた記憶がある。平野部があって、そこを揖保《いぼ》川という川が流れている。絵を描くのにはいいと思った。

寅サン映画で、ここが舞台になった。行こう行こうと思っていて機会を逸した。もしかしたら、この映画をこしらえようと思って、ロケハンに行った人の文章を読んだのかもしれない。そういうことは、すっかり忘れてしまっている。

姫路に本徳寺という浄土真宗の寺がある。西本願寺《おにしさん》のほうであって、とても大きな寺である。この本徳寺の二十八畳敷の大広間の襖《ふすま》に、ドスト氏が墨絵を描いた。三方が襖になっていて、そのぐるりに、満開の桜の木と山を描いた。桜は小淵沢の名木を写したものであり、山は奥多摩の連山を模したものとなっている。どうしてそうなったかというと、その建物は、もとは京都にあり、新撰組の屯所になっていたのを移したものであるからだ。新撰組だから三多摩である。これを描くのにドスト氏は丸二年間を要し、今年の春に、ようよう完成した。私は写真で見ただけで、まだ実物を見ていない。これを描くために、ドスト氏は、桜の頃は小淵沢へ行き、奥多摩の連山を歩き廻った。そのあと、二年間、本徳寺に籠りきりになった。

竜野へ行くということは、この姫路の本徳寺の襖絵を見るということでもあった。竜野と姫路とは、そんなに遠くはない。——と、私は思いこんでいたのである。

ここに、雅氏という人物がいる。彼は原稿仲買人であって、私とは頗《すこぶ》る縁が深い。この人が播州赤穂の産である。私が竜野へ行くと聞けば、サアー、黙っちゃいない。黙っちゃいないというより、彼に断りなしに竜野へ行ったことが知れれば大事になる。だから、彼に連絡した。

「よろしい」と、彼は言った。「私がご案内しましょう。宿は赤穂御崎の『銀波荘』をとります」

この『銀波荘』は、将棋で有名な愛知県西浦海岸の『銀波荘』とは違う。名前は同じだけれど親類筋ではない。

「いま、穴子《あなご》がシーズンです。たっぷりと召しあがっていただきます」

私は、たびたび、雅氏から赤穂の穴子を貰っている。美味であり、かつ、私の大好物である。穴子は海鰻とも書くが、鰻よりさっぱりとしていて、よろしい。

ここに、さらに、少餡《しょうあん》という人物がいる。私たちが、姫路、竜野、赤穂へ行き、岡山へ寄らなかったとするとエライことになる。前にも書いたように、少餡は九州の山持ちであり、本社は大分市にある。彼の持っている九州の鉱山《やま》から船で原料を岡山へ運ぶ。岡山といっても、精しくは備前片上港の品川白煉瓦岡山工場へ運ぶのである。ここが一番のお得意先であるから、少餡は一年のうち半分ちかくを備前に滞在し、その『望月』という旅館を自分の家のようにして暮している。従って、私たちが兵庫県へ行くとなれば、備前の『望月』旅館で待ちかまえていることになる。

姫路、竜野、赤穂、備前は、私は、漠然と、近い所だと思っている。私の地理感覚はその程度のものなのである。もっとハッキリ言えば、加古川、姫路、相生、赤穂、備前、西大寺、岡山などは、だいたい同じ所だと思っていた。ずっと以前のことだけれど、岡山で酒を飲んでいて、夜の十時頃、

「これから広島へ飲みに行こう。あそこなら知っている酒場がある」

と言って、みんなに笑われたり、惘《あき》れられたりしたことがある。私は本気で言ったのである。岡山も福山も尾道も広島も、だいたい同じ所だと思っていた。

私の心づもりでは、赤穂の『銀波荘』に滞在し、そこから竜野へ行ったり備前へ行ったりしようと思っていた。出発の前に地図を見ると、なかなか、そういうわけのものではないことが、わかってきた。

それに、すでにして、雅氏は『銀波荘』を、少餡は『望月』を予約してしまっているのである。大勢に従おうと思った。

こんどは、ドスト氏の弟のビンサンが一緒である。ドスト氏の本職というか表芸というか、それは木彫家であるが、ビンサンは石のほうの彫刻家である。

彫刻家というのは、なかなか金にならない商売である。材料費が嵩《かさ》む割には買い手がつかないからである。まして、石の彫刻は、もっとも条件が悪い。

むかし、ビンサンの貧乏時代に、子供に童話を読んで聞かせていたときに、子供がこう言ったそうである。

「お父さん、うちより貧乏なおうちがあるんですね」

このビンサン、最近、腰を痛めている。腰の痛い石屋というのも切ない話だ。私は、こんどの旅行が、彼にとって、いくらかの慰めになることを願っていた。

仇討のような

十一月二十四日、木曜日、十時より前に東京駅へ着いた。パラオとは十時半頃に会う約束になっていた。この日、国鉄の早朝ストライキの影響を考えて、家を早目に出たのである。がいして言うならば、パラオは自分のほうが先に到着していないと機嫌が悪いのである。それで、私は、おそるおそるという感じで自動車を降りた。

この日の待ちあわせ場所は、前回のことがあるので『百万弗』をやめて、八重洲口の国際観光ホテルのロビーということにしてあった。私が自動車を降りて前方を見ると、ホテルの扉から駈け寄ってくる男がいた。それがパラオだった。私は驚くと同時に安心した。

「多分、今日は早目にお着きになると思ったもんですから……」

それが彼の勘の良さと読みの正確さを示していた。新幹線であるので、切符は買っていない。早朝とか特別の季節を除いて、新幹線はガラガラに空いているというのが常識のようになっている。切符を買っていなければ、一台でも前の電車に乗りたいと思うのが人情である。そこを配慮して、三十分も早く来て待っていてくれたのが有難い。

私たちは、顔を見あわせて、笑ってばかりいた。ちょうど、競馬場の馬券売場で、朝から何度も同じ人に会って、会うたびにお互いに笑っているように。

私たちが乗ったのは、十時二十二分発の博多行きだった。

「お元気で……」

と、パラオが言った。

「どうも、それだけじゃあ、もの足りないなあ。……道中、ご無事で、くれぐれもお気をつけになって、と言ってくれなくちゃあね」

「むこうは寒いそうですから」

「そう。その調子だ」

もう、パラオは、新聞も週刊誌も罐ビールも弁当も買ってくれないようになっていた。私が断るからであるけれど、これが上野駅であったり東北本線であったりすると事情が変ってくる。まことに勝手なもので、そのことを少し淋しく思ったりする。

「さあ、一緒に行きましょう」

私がそう言うのも、単に儀礼的に過ぎなくなっている。回が重なれば、ものごと、なんでも形骸化してくる。パラオが、力のない顔つきで笑った。

私は、新幹線では、いつでも、富士山を見る。どんな形で、どんな色あいで見えるかを楽しみにしている。ちかごろ、富士山を見ようとしない人が多いのに驚く。これは、こっちが子供っぽいのだろうか。しかし、私からするならば、こんな具合の富士山を見たということが、生きていることの証明の大半なのであるが——。

この日の富士は、六分の一ぐらいの見当で雲から頭を出していた。家を出るときに見た富士は白く、三島から見た富士は白と黒とが半々だった。南側と北側の差である。富士が見えなくなったところで、食堂車へ行った。それは昼食にちょうどいい時刻でもあった。このごろ、私は、食堂車では、ギネスを普通のビールで割って飲む。どうも、吉田健一さんが、亡くなった日もギネスを飲んでいたことの影響であるようだ。ドスト氏とビンサンはサンドイッチ。

雅氏は京都に所用があり、御崎の『銀波荘』で待っているのである。相生駅からはタクシーに乗ること、鷹取峠《たかとりとうげ》を越えること、所要時間は二十五分、赤穂市内で「息継ぎの井戸」を見物する場合は四十分、どんな場合でも鷹取峠から千種《ちくさ》川を見おろす光景を楽しんでくださいという、パラオを通じての伝言があった。

この「息継ぎの井戸」を強調するあたりに、雅氏の愛郷心、あるいは赤穂浪士ビイキがあらわれている。つまり、彼からするならば、すでにして、新幹線は新幹線でなく、早駕籠《はやかご》になっているのだ。早水藤左衛門《はやみとうざえもん》と萱野《かやの》三平は、江戸から赤穂まで百七十五里（六百八十キロ）を四日半で到着したというが、そういうつもりで私たちを待ちうけているのだろう。

雅氏は歌謡曲をよくするが、彼の持歌は三波春夫の『俵星玄蕃』である。例の「雪を蹴立ててェエッ！　サク、サーク、サーク、サーク、サーク……」というやつであるが、今夜は本場でそれを聞くことになるだろう。それが非常なる楽しみであり、また、いくらかは鬱陶しくも思われた。もちろん、歌を聞くのは楽しいが、そこにいたるまでには、かなり酒を飲まなければならない。

一方、私のほうも、何か仇討に乗りこむような気分になっていたのは、どういうわけのものだろうか。私思うに、兄弟というのがいけない。ドスト氏は、顱頂《ろちょう》に毛がなく、あとは頬から口元から顎《あご》から、いっぱいの白髪である。このヴァレンチノの木綿のシャツを着ている。このヴァレンチノのシャツというのは、ちょっと柔道着のような、忍術使いの着るようなデザインになっている。弟のビンサンは、髪黒々と、長髪というよりは蓬髪《ほうはつ》、太い口髭《くちひげ》と顎鬚《あごひげ》が唇を囲んで円形になっている。丸首の緋色《ひいろ》のシャツ。二人とも浪々の身とは言わないが、仕官した立派な武士とは言い難く、どう見たって剣術使いか忍者のような風体なのである。

こういう二人を前にして食堂車でビールを飲んでいると、何か傷々《いたいた》しい感じになってくる。兄のドスト氏は焼けだされであり、弟のビンサンは腰を痛めている。この兄弟は、ごく幼いときは別にして、はじめて兄と弟で旅に出たのである。何が仇かは見当がつかないが、私は、さしずめ、介添人か。

京都駅で、雅氏の姿を探した。赤穂で待っているというのだが、私たちは予定より一時間ばかり早く乗車したので……。新大阪駅でも窓の外を見た。新神戸でも……。二時過ぎに姫路駅に到着した。そこにも雅氏の姿はなかった。もしかしたら、一緒に本徳寺へ行かれるかもしれないと思っていたのだ。

以前、雅氏は、一人で本徳寺へ行ったことがある。小僧が出てきた。話をしてみたが、さっぱりと要領を得ない。襖の絵を見せてくださいと頼んだのであるが、そんなものは無いと言うばかりである。雅氏は憤慨して帰ってきた。これは後になってドスト氏に訊いてわかったのであるけれど、姫路には、本徳寺がふたつあるのである。

浄土真宗本願寺派・霊亀山本徳寺は、すばらしい大伽藍である。経堂がいい。蓮如堂がいい。その蓮如堂へ行く渡り廊下がいい。しかし、こういうものを受け継がされてしまった住職の大谷昭世さんの心労は絶えることがないだろう。大谷夫人は、春と秋の二回にわけて障子を張りかえるのだという。夫人は障子張りかえの名人になってしまった。その障子のところどころに丸い穴があいている。境内で少年たちがキャッチボールをするためである。

私は、ドスト氏のような人に襖絵を描いてもらうということだけで、一も二もなく、本徳寺が好きになってしまった。来年は、さらに、別の部屋に彩色で仏画を描くことになっている。

そのドスト氏の桜樹を中心にした襖絵には少しもケバケバシイところがない。見てくれがない。衒《てら》いがない。

サウイフヒト

昭和三十九年の早春に、私はドスト氏の住む町に引越してきた。ドスト氏のほうは、もう、この町に四百年も住みついている。

ドスト氏と私との交友は十年を越えた。交友より交遊か――。あるいは、私が師事しているといってもいい。

私はドスト氏のような人に会ったことがない。そうして、私は、いまだに彼を真に理解しているとは言い難い。よくわからない人なのである。たとえば、そんなに収入があるとは思えないドスト氏の家が全焼し、どうなることかと思っていると、火災保険にも家財保険にも加入していないのに、彼自身が恥ずかしがるような立派な家が建ってしまうのである。そういう人だとしか言いようがない。

私は、しかし、ドスト氏との交際がはじまってから、いつのころからか、この人は誰かに似ていると思うようになった。そう思い続けてきた。――誰かに似ている。しかし、それが誰だかわからない。

それが、こんどの旅で、やっとわかった。旅の終りに、いつものように、私たちは京都へ行った。京都の、骨董屋兼土産物屋で、私は、ぼんやりと、色とりどりの土産物の飾ってある壁面を見あげていた。それは、むしろ、ありきたりの、つまらないといっていいような品だった。どこにでもあるものだった。布に宮沢賢治の詩が染め抜いてある。「雨ニモマケズ」。

私は何も考えずに、誰でもよく知っている宮沢賢治の詩の文字を追っていた。あまり出来がいいとは思わず、それを欲しがるという気持はまったくなかった。そのとき、不意に私の体を電流が走った。私は、頭の向きをかえて、骨董屋の主人と、仏像を前にして話しこんでいるドスト氏を見た。——これだった。私が誰かに似ていると思っていた誰かは、この人だった。

慾ハナク
決シテ瞋《イカ》ラズ
イツモシヅカニワラッテヰル

この通りだ、ドスト氏は。私は、また、詩を染め抜いた布製の土産物を見た。どうして、いままで気がつかなかったのだろう。ドスト氏をこんなにうまく言いあてた言葉を私は知らない。

一日ニ玄米四合ト

味噌ト少シノ野菜ヲタベ
アラユルコトヲ
ジブンヲカンジョウニ入レズニ
ヨクミキキシワカリ
ソシテワスレズ

ドスト氏は、椎の実と笹の実があれば、それで充分なのだ。少くとも、それで、山の中で二ヵ月は暮してしまう。どんな人の話でも聞いてあげることができる。

野原ノ松ノ林ノ蔭ノ
小サナ萱ブキノ小屋ニヰテ

いま、彼は、プレハブの八畳間に息子と二人で住んでいる。

ヒデリノトキハナミダヲナガシ

サムサノナツハオロオロアルキ

私は一人で笑っていた。まったく、よく似ている。旱《ひでり》の時は涙を流し、寒さの夏はおろおろ歩き……。私の家に、さまざまな不幸があったとき、ドスト氏は、いつでも、すぐに伝え聞いて、やってきた。居間にドスト氏がいるだけで、私たちは安心した。

昭和四十四年の春、私の家が出来あがったとき、私のところはスッカラカンで、気の遠くなるような借財を背負っていた。樹木といえば、庭の中央に白木蓮が一本あるだけだった。それは近くの植木市で一万円で買ってきたものである。それはそれで、悪い眺めではなかったが――。

そのころ、私とドスト氏とは、それほど親しい仲ではなかった。

ある日、ドスト氏が、笑いながら、庭のほうから入ってきて、延壇《のべだん》を造りましょうと言った。その頃、私は延壇という言葉の意味さえも知らなかった。庭に井戸を掘った。そのときの石が隣の空地に放り出してあったのである。その石を使って、ドスト氏は、庭木戸から池に通ずるまでの石の小径を造ってくれた。それは、雨や雪の日に便利であるばかりでなく、見ていて気持のいいものだった。

この延壇を造るのに、朝から晩までの二日間を要した。私は、いったい、この人はどういう人かと思った。もしかしたら、馬鹿じゃないかとも思った。頼まれもしないのに、他人のために、自分の仕事を放りだして——。その頃、私は、彼が造園に関しても一流の人物であることを知らなかった。しかし、かりに、誰かが一流の造園家であったとして、井戸を掘って出てきたような、むかし、ここが多摩川であったことを示すに過ぎない、丸い、ろくでもない石でもって延壇を造ろうとするだろうか。

それから約一ヵ月後に、ドスト氏は、私を奥多摩の山に連れていった。山の持主に話をつけて、ソロやクヌギやナラやリョウブを貰ってくれたのである。庭のことなんか、ちっとも心配しなくていいと言っていたのは言葉だけのことではなかった。私の家の庭は、こうやって出来たのである。思いがけない春の大雪があったとき、植木屋を連れて駈けつけてくれたのもドスト氏である。彼は先頭に立って倒れている雑木を起こし、藁《わら》を巻いてくれた。そうでなかったら、何本かは枯れてしまったに違いない。いったい、この人はどういう人なのか。

ミンナニデクノボートヨバレ

…………

そういう面がないわけではない。おそらく、いまでもドスト氏のことを理解しない人がいるに違いない。

宮沢賢治の信奉者の数は多い。熱烈なファンは何人でもいる。きっと、そのなかには「雨ニモマケズ」に書かれた「サウイフモノニ　ワタシハナリタイ」と思った人がいるにちがいない。実を言えば、私もそう思った時期がある。しかし、都会育ちの私は、玄米四合と味噌《みそ》と少しの野菜では体がもたないと思ったのである。いつも静かに笑っているわけにはいかない。

ドスト氏は、サウイフヒトである。ほとんど、宮沢賢治の理想とした人物にちかい。そう言ったら褒めすぎになるだろうか。いや、そんなことはあるまい。みんなにデクノボーと呼ばれるのだから――。

御崎海岸の夜

本徳寺を辞して、四時二十分姫路駅発の新幹線で相生へ行った。十分か十五分で到着した。そこから、言われた通りに、タクシーに乗って鷹取峠を越えて、御崎海岸に出た。夕焼がよかった。西の空が赤く、東には白く輝く月が出ていた。もとは塩田だったと思われる埋立地が見えてきた。

「塩田というのは、農業だろうか、漁業だろうか、それとも水産業だろうか」

ドスト氏が自動車のなかで独り言を言っている。そういうことを言うから、こっちは混乱するのである。

「もし、魚が海のなかで競走していて、ノドがかわいたらどうするんだろう」

馬鹿馬鹿しくって相手になれない。

雅氏が『銀波荘』で待っていた。私たちが姫路へ着いた新幹線よりは遅く、相生へ着いた電車よりは少し早い列車でやってきたようだ。

入浴して、すぐに食事になる。

座椅子のカバーが、ひとつだけ鷹の羽のぶっちがえで、あとは大石内蔵助の家紋の二つ巴《どもえ》になっている。もちろん、ドスト氏は浅野家のほうに坐ってもらった。クルマエビ、タイ、チヌの刺身、揚げもののカレイ、スズキの塩焼、蟹鍋《かになべ》、タイの兜煮《かぶとに》、タコの酢のもの、吸物という食卓であり、これは、やや上等の宴会料理というべきであるが、このほかにお目あての穴子白焼きの大皿があり、私は、もっぱらそれに箸をのばした。この穴子は雅氏の特別注文であったに違いなく、一人に三匹あて、一匹が三ツに切ってあるから相当な量だと言うべきである。

雅氏の『俵星玄蕃』を聞くためには三味線が必要だと思ったが、当地には芸者がいなくて、呼ぶとすれば姫路から雇女《やとな》を掛けるのだという。

食事があらかた終ったところで、意外にも、雅氏がドスト氏に将棋を挑《いど》んだ。私は、雅氏の歌が聞かれなくて、残念であるような救われたような妙な按配になった。雅氏としても、聞き手がいつものメムバーでは張りあいがなかったのだろう。ここは、遠くから、無理にでも芸者を呼ぶべきであったかと悔まれるのである。誰だって、雅氏の歌を最初に聞く人は、あっと驚くのだから——。かくして、赤穂の夜は歌なしで暮れたのだった。

雅氏の将棋は、まず、姿勢が大変に良い。はじめ正座で、中盤に入るや、やや横坐り、どっかとアグラをかいて、右手を膝に置き、左手に火のついていない煙草を持ち、深い読みに入るところは、十五世名人大山康晴を見るようだった。駒を持つ手つきもいい。ピシッときまる駒音もいい。惚れ惚れとする。さらに、ここが肝腎なのであるけれど、中飛車、高美濃という堂々の布陣がいい。ここまでを見ると、どれだけ強いのか見当もつかないほどであったが、彼の長所はそこまでというか、それだけだった。私だって、どうして彼の堅陣が、そんなに急に、そんなにもろく崩れたのか、よくわからなかった。とにかく、堂々の布陣と思われたのが、十数手で、ヒドイことになっていた。

ドスト氏は、例によって、居飛車、矢倉囲いであるが、よくよく考えてみると、ドスト氏が2筋の歩を突っかけたとき、沈思黙考、雅氏はこれを相手にせず、中央に戦機を求めた。ドスト氏は歩を取りこむ。雅氏はこれも相手にしない。さあ、だから、と金は出来るわ飛車は成りこむわで、収拾がつかない。その間、雅氏は何をしたかというと、9五歩、同歩、同香、同香で、これで、いっぺんに自分のほうの端が危くなった。ドスト氏が攻撃し、金を入手した雅氏は、これを6九に打ちこんだ。敵玉の退路をふさぐ意味である。その着想はすばらしいが、持駒が皆無なのだから、ただ単に旅順港を封鎖したに過ぎない。封鎖しただけで兵隊も鉄砲もないのだから、いかにも手持無沙汰という感じがする。雅氏の将棋は、お嬢さんのピアノの稽古のようで、お行儀は良いし、先生に言われたように弾いているが、音楽そのものがわかっていないという印象を受ける。バカバカしくなったので早く寝た。ドスト氏は、若狭で浩チャンに勝ち、雅氏に勝ちということで上機嫌である。将棋に関するかぎり、無限にバラ色だと思っているようだ。

翌日は早く起きた。朝食で、また穴子。

自動車で赤穂市に向い、赤穂城大手門前で下車する。城は、ここしか残っていない。いかにも小さな城で、何か家庭的という感じがする。その大手門が、歌舞伎座で見るくらいの大きさで（実際はそんなに小さくはないが）懐かしいような、あるいは吹きだしてしまいそうな気持になる。赤穂に関しては、われわれは知りすぎてしまっているのだ。こんなに国家老から足軽、部屋住みにいたるまで、家来の一人一人を知っている大名なんていうものは、他にはあり得ない。この大手門、城明け渡しの場面だって、歌舞伎でも見ているし、真山青果も知っているし、雲の上団五郎一座のものまで見てしまっているのである。

大石神社、花岳寺（浅野家菩提寺）へ行き、塩田博物館を見る。駅の近くの寿司屋『のんき』で昼食。そのあたりで雅氏と別れた。彼は東京へ帰るのである。

夜も穴子。これも雅氏の指定で、穴子丼になっていた。このほうは、ややタレが濃いのである。赤穂の市内は、どこへ行っても穴子を焼く匂いがしていた。リヤカーで売りにくる魚屋も目についた。暮しやすい所であるように思われる。

赤穂の町の印象を一口で言うならば、何か胡散《うさん》臭いような嘘臭いようなところがある。そう言って悪ければ、芝居っ気たっぷりと言い直そう。これは、赤穂が悪いわけではない。そんなことがあるはずがないが、たとえば、播州赤穂という土地の名前に手垢がつき過ぎてしまっているのである。忠臣蔵は伝説ではなく実説であるが、そこに伝説の部分、つくり話の部分がつき過ぎてしまっているのである。義士を讃えるための誇張とつくり話が、町全体を嘘臭くしてしまうと言えば言い過ぎになるだろうか。

大石良雄宅跡の前には、ナントカ源八という不義士の屋敷跡があった。義士がいれば不義士もいるのが道理である。そうかといって討入りに参加しなかった家臣の家を、こんな形で曝《さら》しものにしていいのだろうか。花岳寺には、大石宅にあったという忠義の桜が植えてあるが、その隣には大野九郎兵衛の不忠の柳がある。そういったあたりが、どことなく胡散臭い。

大石内蔵助は、これは仇討ではなく、単なる喧嘩であるに過ぎないと言ったという。私はこの言葉が大好きだ。これは名言中の名言だと思うが、そうだとすれば、不義士も不忠もあったもんじゃない。

また、私は、赤穂浪士の話が好きであり、芝居の忠臣蔵も大好きである。実によく出来た芝居であると思うが、これは、どうも、芝居として楽しんだほうがいいような気がする。

備前の狐

「どうもおかしい。何だか変だな」

そう思いながら歩いていた。私は竜野へ行くつもりで家を出たのである。山間の平野部で、川が流れていて、その土堤に腰をおろして写生するという光景を、すくなくとも半年間、思い描き続けていた。それが、どうしてこんなことになったのだろう。どうして、私が、忠臣蔵に関与しなければならないのか。

ドスト氏とビンサンと私とは、朝、旅館を出て、港へ向って歩いていた。そこは赤穂港ではなく、川筋の小さな停泊所だった。いまにも雨が降りだしそうな寒い日だった。そこで三時間ばかり絵を描いて、それから備前に向うつもりだった。

ドスト氏は、すでに廃田（というのだろうな）になっている塩田を描くという。そこは私にはむずかしすぎる。それに時間がない。私は、川筋の、魚市場の背後になっている倉庫を描くことにした。ビンサンも、少し離れているが、私と同じところを狙った。

「塩田が田園となる寒さかな」

ドスト氏は妙なことを呟きながら、腰をおろしたと思うと、もう、描きだしている。彼は、忙しいからとか、時間がないからと言うのであるけれど、いつでも、坐った途端に、ペンなり筆なりが動きだしているのである。それは、たぶん、彼においては、絵になるところを即座に摑んでしまうからだと思う。骨董屋へ行ってもそうなのだ。ドスト氏の目は実に早い。すぱっと、一発で、いいものを見つけてしまう。マッサージ師で、坐って挨拶して、顔をあげたときには、もう、彼の両手がこっちの肩にかかっていて揉みはじめているという人がいるが、あれに似ている。

一時間ばかり経ったとき、雨が降ってきた。風も困るが、雨も困る。水彩画に雨は禁物である。紙の上に、いくつもの点が出来た。ちょうど、鉛筆で下描きをして、色を塗りはじめたときだった。私はあきらめて、ドスト氏のほうへ歩いていった。

傘を持ってきていないはずのドスト氏が、傘をさしている。坐ったままで、左手で傘を持ち、右手のペンが動いている。椅子のかわりになる低い台も用意されている。ドスト氏の坐っているすぐ近くに、もとは塩田業だったと思われる小舎があった。あとで判明したが、そこは釣の餌の輸入業者の事務所だった。

椅子のかわりの台も傘も、そこの主人が貸してくれたのである。ドスト氏は、お茶も飲んでいた。私も傘を借りて、ドスト氏の絵を見ていた。私の絵が未完で、ドスト氏の絵が完成したのは、このためだった。こういうことも実力の一種である。

自動車で送るという事務所の主人の申し出を断って、私たちはビンサンの描いている場所へ向った。

ビンサンは、雨の中、川に面した櫓《やぐら》の上に乗って、吊り橋を描いている。ビンサンのその姿は、さながら、ビンセント・ファン・ゴッホだった。

私たちは、荷物をまとめて、山陽道を、自動車で西に向った。

備前片上の『望月』旅館に着いたのは、まだ三時前だった。玄関を入ったところで、二階の廊下と階段に何かの気配があった。その姿がまだ見えていないのに、ややあという声が降ってきた。少餡だった。それは、まさに、待ちかまえているというのにふさわしかった。待っているというのと「待ちかまえている」のとでは、ずいぶん違う。同様にして、来るとか、お見えになるとかいうのと「あらわる」というのとは違う。少餡の場合は、いつでも「待ちかまえている」であり「あらわる」だった。

私はお土産にセーターを持っていった。少餡は、別室へセーターの箱を運んで、すぐに着用して、あらわれた。なにしろ、巨体であるので、合うかどうか心配だった。それはフランス製であって、日本人のLというサイズで買ってきたものだった。これから冬の山歩きをするのに、セーターが必要だと思ったのである。寸法はぴったりと合っていて、少餡の体は、さらに一廻り大きくなったように見えた。

「これは、あったかい。これがあれば何もいらん……」

私は、仔熊のコロスケという漫画があったことを思いだした。もっとも、少餡の場合は親熊であるけれど。

「寸法が合うかどうか、心配で……」

「ぴったりじゃ。しかし、どうして、こんなにあったかいんじゃろうのう」

「さあ……」

四時に、品川白煉瓦の中山部長が迎えにきた。旧知の人である。その日は中山部長の家で食事をすることになっていた。『望月』は、十一月の末の土曜日ということで、宴会があった。

中山部長の家は、和気町の山の中にあった。そのあたりの地名が大中山であるし、片上鉄道の駅名も中山というくらいだから、相当な旧家であるに違いない。

峠の道には、いまでも、狐、狸、兎が出るようだ。私は、少餡と二人で、タクシーに乗っていた。

「きみは、狐に会ったことはないかね」

少餡が運転手に訊いた。

「見たことは何度もあります」

「はあ、化かされたことはないかね」

「私はありませんが、変なところへ連れていかれた運転手は何人もいます」

「ほう」

「暗闇で、狐の目はピカッと光りますね」

狐が自動車に当ったときは、摑まえて剝製にするそうだ。

大きな農家があった。塀がいい。その庭がいい。門に達するまでの道がいい。こんなところを絵に描きたいと思っていると、そこが中山部長の家だった（そうだ。中山さんの家を描けばよかったのだ）。

中山家の食卓。

クルマエビ、タイ、イカの刺身。スズキの活造り。ワタリガニ（備前の灘でとれるので、ナダガニという）。セイ塩焼。アブラメ、チヌ、アイナメの煮つけ。ナマ牡蠣《がき》。ナマコ。小エビ空揚げ。カブ三杯漬け。ニンニク味噌漬け。その他、野菜、果物いろいろ。

私は食通とは程遠いので、食物の味について書くことができない。備前のナダガニは、これからが旬《しゅん》であって、小ぶりのものが多かったが、持ってみると、ひとつひとつがズッシリと重かった。また、これだけでは量がわからないが、蟹や小魚やエビは、大皿に山のように出たと言っておこう。さらに、魚以外は、野菜、ミカン、柿はもとより、御飯の米にいたるまで、すべて自家製であることをつけ加えておきたい。

酒器と食器はほとんどが備前焼きで、私の取った盃は、偶然、藤原啓さんの作であった。

食物のことを書く場合、もっとも愚劣なのは「筆舌につくしがたい」であると、ある人が書いていた。私はその通りだと思い、読んだときは大笑いをした。だいたい、食通といわれる人は、外国文学に堪能な人が多い。従って比喩がうまいのである。しかし、私など、比喩がうまければうまいほど、食物そのものの本来の味から遠ざかってゆくように感ずることがないわけではない。私の、こういう言い方は、文才に乏しいための負け惜しみである。私は、中山家の食卓はすこぶる上等であったとしか書けない。

「きみ、酒をやめんかね」

少餡が中山部長に言った。

「きみは、わしに煙草をやめろと言った。だから、わしは煙草をやめた。見てみなさい。吸っていないでしょう。だから、きみも、酒をやめなさい」

少餡は、酒を飲まない。飲まない人が、最初にからんだ。

「それはできません」

中山部長にとっては、それが一番痛いところだった。ドスト氏は、私に、中山部長が献盃とかお流れちょうだいと言いだしたら危いよと警告を発していた。

「わしが煙草をやめる。そのかわり、あなたが酒をやめる。それでいいじゃないか」

「……」

「じゃあ、どうだ。一日に二合ということにしようじゃないか」

「二合はキツイ」

私は、一日に三合という折衷案を出した。それを中山部長は平均三合に訂正した。

「一升飲んで、あと二日は禁酒。だいたい、これでどうでしょうか」

こういうのは、節酒にならない。中山部長は、こうも言った。

「私は、停年になったら旅に出たいと思っているんです。どうか、山口せんせい、お供の一員に加えていただきたい」

「さあ、それは、三蔵法師に聞いていただきたい」

私はドスト氏を見た。その途端に、ビンサンが沙悟浄《さごじよう》であるような、自分が孫悟空であるような気がしてきた。

「そうですね、一日に二合までということならば……」

　中山部長は、また考えこんでしまった。正直な人だ。

「備前の山の中で、猪八戒《ちょはっかい》を供にすることになるかどうか、大事な場面だ」

　このへんで、ドスト氏が、さかんにビンサンをからかいだした。ドスト氏の酒癖は、笑い上戸である。

「はっはっはあ。愚弟賢兄……。ねえ、ああおかしい。愚弟賢兄が酒を飲んでいる。はっはっはあ……」

　それを少餡が聞き咎《とが》めた。

「愚弟賢兄？」

「そうですよ。はっはっはあ、愚弟に賢兄です。兄弟で酒を飲んで蟹を喰っている。ああ、おかしいなあ」

　ちっともおかしくない。

「そうです……」

　少餡が大きな声で言った。

「あなたッところは愚弟賢兄です。あなたの兄さんは偉い人です」

　残念ながら、ドスト氏は次男なのである。次男であるから、言ってみれば、山中放浪というような勝手な真似ができたのである。家を支えてきたのはドスト氏の兄である。この勝負、どう見たって、少餡の技ありというより、一本である。少餡は、そうやって、ちいさくなっているビンサンを助けたのである。

また、狐の話になった。

「狐は出ます。大いに出ます」

と、中山部長が言った。

「狐は、追いかけてゆくと、こうして、振りかえります」

中山部長は、私のほうを見ていて、その顔を急角度で、左にむけた。目は後方をむいている。

「ほんとかね」

「ほんとです。こうして……」

そのこうしてに独特のアクセントがある。

「こうして?」

みんなが、いっせいに、きゅっと首をまげた。

「そうです。こうして、狐は立ちどまって、うしろを振りかえるんです。それが、こっちへおいでっていうように見えるんですね」

猪八戒だと思われた中山部長の顔が狐に見えてくるから不思議だ。それだけ、彼の仕種が真を捉えていると言えよう。この人は本当に狐に出会ったことがあるなと思った。

「追いかけるでしょう。すると、立ちどまって、こうして、こっちを見るんですね。だから、また、追いかける。……立ちどまって振りむく。……追いかける。狐に化かされるっていうのは、これじゃないんですかね」

「……」

「そうやって道に迷うんですね」

「変なところへ連れていかれたり……」

「そうです。だから、狐に化かされるっていうのは、まんざら嘘でもないんですね」

「……」

「ところで……」

中山部長が坐りなおして私を見た。

「せんせい、お流れをちょうだいします」

ドスト氏が、ほら来たという感じで、私にむかって、ゆっくりと片目をつぶった。

私は、中山部長に酒をやめさせるのは、とても無理だと思った。

スキヤキ用の小鉢

翌日は早く起きた。よく食べて、よく飲んで、よく眠り、宿酔《ふつかよい》しないのが不思議だ。

自動車が二台、旅館の前に来ている。サービス魔であるところの少館の手配は、いつでも完全である。

旅館の前の店から老婆が出てきた。『望月』の内儀が言った。

「お婆ちゃん……」

老婆の顔がやわらかくなった。

「寒かろ……」

「寒い」

挨拶は、これだけで終った。地方都市に来て、時々、このような、詩のように簡潔な言語に接することがある。私は、それが楽しみである。

自動車が動きだしてから、ドスト氏が、ひとりで、寒かろ、と言って笑った。朝のうちは寒かったのだろう。私たちが出発したときは、上天気で、あたたかくなっていた。

片上湾に出て、品川白煉瓦の工場を見た。この工場は、むかし、本社が品川にあったので、こういう社名になっている。品川煉炭と間違えてはいけない。鉄工業界が不況におちいると、煉瓦のほうに影響する。少餡はそこへ石を納入しているのである。だから、逆に言えば、少餡の鉱山《やま》が動きだしたら、鉄工業、すなわち日本の産業が好況にむかっていると見てとれることになる。

午後になってから、品川白煉瓦の工場を描くことにして、閑谷《しずたに》学校を見にゆくことにした。聖廟の前にある有名な楷《かい》の木の紅葉が見たかったからである。

「まず楷よりはじめよ」

そう思った。

閑谷学校の印象を一言で言うならば、明快である。清澄と言ってもいい。こんなところで勉強したら、どんなによかろうかと私なんかでも思う。

黄葉亭（閑谷学校の奥にある茶室）まで歩き、片上湾へ戻ったが、ここで私の気が変った。閑谷へ向う農家の点在する道がいかにもよかったからである。ドスト氏とビンサンの同意を得て、山の中へ引きかえすことにした。

私は倉の絵を描いた。ドスト氏とビンサンは、そのあたりの畑中の農家を描いた。あとで、そこが、閑谷の中屋敷というところだということがわかった。

私は、レインコートを脱ぎ、上衣も脱いだ。暑いくらいになっていた。

旅館にひきかえした少餡が弁当を持ってきてくれた。これが、例によって、まことに豪華である。おそらく、少餡は旅館の台所で叱咤激励したのだろう。魔法瓶がふたつあって、お茶とコーヒー。そのコーヒーだって、受皿もあり、ナプキンもついている。

まったく物音がしない。だから、枯葉の落ちる音が聞こえてくるのである。

残念なことに、三時半で日が落ちた。

夜は、旅館で似顔絵大会。ドスト氏や少餡のような、極めて特徴のある顔が、なかなか似ないのが妙だ。

翌日も私は同じところへ行った。ビンサンは黄葉亭を描きにゆく。ドスト氏は、旅館で頼まれた仏画を描くために留守番。

農家の人がお茶を持ってきてくれる。これを御縁にまたどうぞ、この次は、うちへ泊ってくださいと言う。親切も親切だが、退屈もしているのだろうと思った。

この日は、岡山で中山部長が御馳走してくれることになっていたが、その前に、備前焼きの中村六郎さんの家へ寄った。実は、この日は一日中ヤキモノをする予定であったが、藤原建さんの葬儀があったので、夕刻のわずかな時間だけ仕事場を借りることになった。

中村六郎さんは、よく私たちの住む町に来られるので、何度かお目にかかっている。中村さんも酒豪であるが、藤原建さんも大変な酒飲みであったそうだ。総じて陶芸家は大酒家が多い。行きつくところは酒器だというが、そのことと無関係だとは思われない。

ドスト氏は得意の鯰《なまず》をひねりだしたが、これはうまくゆかなかったらしい。なにしろ、時間がない。それで大きな俎板《まないた》のようなものにきりかえた。

ビンサンは、家を出るときから、巨大なる灰皿をつくるのだと言って張りきっていた。しかし、これも失敗だったようだ。形がきまらないようだ。そのために、水盤に変更した。それも、自分では灰皿だと言っていたが、私には浅過ぎるように思われた。

石の水盤はいくつも造っているので、形はいい。幼女専用の御厠《おかわ》にしたらいいと思ったが黙っていた。

私はスキヤキ用の小鉢を造ることにした。直径が十センチ内外で、縁が垂直に立ちあがっているものである。こういう形を何というか知らない（あるいは馬盥《ばだらい》か）が、骨董屋でもセトモノ屋でも、なかなか見つからない。縁が垂直だから、卵が割りやすいのである。

備前焼きの土は、田圃《たんぼ》の底三メートルぐらいのところにある粘土質の層であるという。その土を針金で丸く切る。すると土瓶敷か厚切りのハムのようなものになる。それでは厚いので木の鏝《こて》のようなもので叩いて薄くのばす。それをひねったり、こねたりするのである。

私はスキヤキ用の小鉢を十箇造った。ずいぶん欲ばったものだ。ところが、これが、なかなか一定の大きさにならない。隙間が出来たりする。大き過ぎるのは、割った卵がいかにもダラシなく、ひらたく伸びていきそうな気がする。小さいのは使いにくそうだし、縁が波打ってしまって平らにならない。

それで箸置《はしおき》を造ることにしたが、はじめ、小魚のつもりが、兎になったりして、動物ビスケットのようになってしまったので、全部こわしてしまって、羊羹状のものをつくり、これをナイフでもって十等分した。いっぺんに十箇できた。これなら簡単だった。十等分する前に、箸がころがらないように真中に筋目をつけた。

少餡と中山部長が迎えにきて、岡山へ行った。自動車で五十分ぐらいかかった。料亭での美味佳肴《かこう》、筆舌に尽くしがたきものあり。中山部長は、猛烈な大蒜《にんにく》愛好家であって、自宅はもとより、どこの店にも大蒜が置いてある。

そのあとで、キャバレーのような酒場のようなところへ行った。ずいぶんと立派な店である。

中山部長はゴルフの名手であるが、ダンスでも非常なる才能を示した。運動神経が発達しているのだろう。

私は、音楽のことも踊りのことも、まるきり無智であるが、見たところ本格的な社交ダンスであると思われた。チークダンスではない。体を離して踊る。もっとも、接近すると大蒜臭くて相手が困るだろう。私は中山部長に、あなたは息を吸いこんでもいいけれど溜息はつかないでくださいと頼んだ。

中山部長は踊りながら、急角度に首を振る。タンゴなのだろうか。その首の振り方が玄人っぽくて垢抜けている。

しかるに、こうして、首を振ります、立ちどまって、首をこう曲げて、きゅっとうしろを振りかえりますという、昨日の狐の話のことがあるので、どうしても、中山部長の顔が狐に見えてくるので困った。

「立ちどまって、こうして、振りかえって、こっちを見るんですね……」

フォックス・トロットというのはこのことかと思った。

備前まで帰る自動車のなかで、ドスト氏が笑い上戸の状態になっているのを知らされる破目になった。

「あなたのね、あの、スキヤキ用の小鉢ね、はっはっはあ、あれは、はっはっはあ、卵は割れませんね」

「どうして？」

「卵を割ろうと思ったら鉢のほうが割れますね。割ろうと思ったら、はっはあ、卵が割れないで鉢のほうが割れちゃうの。十箇ともそうですね。おかしいったらありゃしない」

「……」

「備前焼きで、あんなに薄いものはありませんよ。だから、必ず割れますね」

「薄かったですか」

「叩きすぎるんですよ。あんなにペタンペタンやって……。あんなことをする人はいませんよ」

「……」

「それから、必ず洩ります、あれは。卵がね、ずるずるっと出てきちまう。おっかしいったらありゃしない」

「洩りますか」

「洩りますよ。いや、その前に、卵が割れません。もし、卵を割ろうとする人がいたら、割らないでくださいって言わなくちゃ。あれはね、ちょうど、卵の形にポコンと割れますよ。特に地卵はいけない」

ドスト氏は、苦しそうに、涙を浮かべて笑った。

「それから、あなたの箸置ね。あれもいけません」

「駄目ですか」

「駄目ですよ。真中に筋目をいれたでしょう。まず、窯《かま》のなかで、あそこで割れます。十箇が二十箇になっちまう」

「いいじゃないですか」

「丸い箸おことわりなんて……。それよりね、そもそもが小さいんです。それがふたつになる。さらに、窯のなかで焼きものは二割ぐらい縮むんです。はっはっはあ。だからね、あれは箸置じゃなくて楊子置になっちまう。楊子置を二十箇も造って、どうするんです」

「一部は耳搔き置にします」

「楊子置が二十箇に、卵の割れない小鉢が十箇ですか。そんなもの造ってどうするんですか。はっはっはあ。おかしいったらありゃしない。壊れるのと洩るのと、楊子置と。はっはっはっはあ。ああ、くるしい。第一、楊子置なんて聞いたこともない」

もしかしたら、ドスト氏は、私の考えているような偉い人ではないのかもしれない。

翌朝早く、私たちは、備前片上駅で別れた。私たちは京都へ行くのである。赤穂線のグリーン車には、私たち以外に客はいなかった。

「まだ酔っています」

中山部長は、現場の人らしく、作業服を着ていた。近づいてきた彼は、酒の臭いよりも大蒜の臭いがする。

この電車はグリーン車でも窓がひらくのである。電車が動きだしても、ずっと少餡が手を振っているのが見えた。線路がカーブしているようで、突然、少餡と中山部長と旅館の内儀の姿が消えた。

＊やまぐち・ひとみ（大正15年〜平成7年）作家。
＊新潮社刊『迷惑旅行』（昭和53年）収録。

幕末の味・卓袱料理

丸谷才一

文芸評論家の山本健吉氏に、美人と地理の関係についての持論がある。裏日本の県はおほむねきちんきちんと一つおきに美人県だといふのである。

北からゆくと、まづ秋田県。次が新潟県（山形県の生れであるわたしとしては、どうもおもしろくないけれど、ここではおとなしく山本さんの説を紹介しておく）。次が石川県で、それから京都府。そして、ここだけは一つ飛ばさないで、すぐに兵庫県。これからはまた一つおきに戻つて島根県。次が福岡県で、おしまひは長崎県。

この山本学説で最も注目すべきは、これがたいへん自己中心的な性格のものだといふことである。第一に山本さんは長崎の生れであるし、第二にお母様は金沢の方であるし、そして第三に奥様は神戸（兵庫県！）の生れなのだ。

まあそれはともかく、山本さんのお国自慢はなかなか大したもので、野坂昭如の神戸に対する愛郷心に優るとも劣らぬくらゐだが、今度わたしははじめて長崎を訪れ、なるほどこの街なら自慢したくなるのももつともだと感じ入つた。海と山の美しさ。坂の多い街の風情（頼山陽は「官楼蠻館、家萬戸。高低山色、海光ノ間」と歌つた）。時代のついた異国情調。自動車の通行が激しくなつたせいでめつきりへつてしまつたとはいふものの、いまだに残つてゐる石だたみの趣。そのタクシーの運転手の親切なこと。山本さんに教はつた諏訪荘といふ宿屋の、おつとりとした典雅な雰囲気。さうさう、言ひ落してはならないが、たしかに美人が多いし、それに（これが本題なわけだけれど）食べものがむやみにうまかつた。

まづ最初は富貴楼の卓袱《シツポク》料理。しかしこの特殊な日本料理、あるいは、極端に日本化した中華料理については、いささかの解説が必要だらう。諸書を参照しながら、ところどころわたしの思ひつきをまじへ、知つたかぶりの講釈を試みよう。

卓袱の「卓」のほうは言ふまでもなくテーブルで（朱いろの円いもの）、「袱」はナフキンといふ説もあるし、朱卓のまはりに垂れてゐる布といふ説もある。つまりテーブルで食べる料理といふわけで、一人づつ別々のお膳で食べるのではないことが昔の人にはものすごく異国ふうに感じられたわけだ。そしてこの場合、大事なのは、その異国ふうの食事様式が何かたいへんくつろいだものとして受取られたといふことではなからうか。といふのは、雪国の町医者の息子であつたわたしは、子供のころ、看護婦や女中や運転手といつしよに、しかし別々のお膳で食べる朝食と夕食には窮屈な気持だつたのに、父母や姉たちだけといつしよにテーブル（ただし朱いろでも円くもない）で食べる晝食のときはずつと気楽な感じだつたといふ思ひ出があるからだ。その点、今にして思へば、あの子供のころのわたしの晝食や、それから現在の日本人の普通の食事形態は、卓袱料理の影響下にあると見ることもできるかもしれない。

もつともこの料理の第二の特色は、大皿に盛つてある料理をめいめい直箸《ぢかばし》で取り分けることで、これは果して現在の日本人の普通の食事形態かどうかちよつと疑はしい。漬物や佃煮の場合、つまり食事の終りころに食べるもののときは、直箸かどうかはともかく、丼や鉢から取り分けるのが当然のことだらうが、あとはせいぜい芋の煮ころがしか何かのときくらゐではないかと思はれるし、漬物や佃煮や芋の煮ころがしにしたつて、ちよつと気取つた、あるひはきちんとした家では取箸を使ひさうな気がする。

そして、家庭の食事のときでなく、客人を招いての会食の際も、大きな器に盛つたものを取り分けるといふ食べ方は、江戸時代の人々にとつてすこぶる衝撃的な作法だつたやうである。『玉襷』といふ本がかういふ事情を説明して、これは外国ではお客をしたとき毒を盛ることがよくあるため、その疑ひを避けようとして生じた作法である、などともつともらしく述べてゐるのはなかなか興味深い。なほ、現代日本の代表的な直箸の料理はスキヤキだが、これはどうやらシッポクの影響を受けたものらしい。もちろん鍋料理は昔からあつたけれど、杓子《しやくし》や菜箸《さいばし》で盛り分けるか、それとも、帆立貝やサザエの貝殻を小鉢の代りにして、めいめいに一つづつ当てがつたのである。つまり、昔の日本人は、「もとこれ神州清潔の民」などと威張るだけあつて、これほど潔癖だつたといふことにもならうし、また、たいていの鍋料理を直箸で食べる近頃の作法は、スキヤキ経由でシッポクの影響を間接的に受けてゐると見てもよからう。

しかしこの料理を、単に中華料理の極端に和風になつたものと言つては、いささか不正確のそしりを免れない。長崎には唐人だけではなく、紅毛人も来往した。すなはち西洋料理もいくぶん影を落してゐるので、その点これは、日本文化を雑種文化と規定した加藤周一氏の論法にならつて言へば、雑種料理とでも言ふしかないものなのである。あるひは、最も典型的な日本料理といふことにならうか。ただし一口に雑種料理と言つてもいろいろあつて、この料理の背後には江戸時代の優雅な文明がそびえてゐるし、長崎といふ由緒正しい土地柄がそれをおつとりと保存してゐる。われわれはいはばシッポク料理によつて、江戸後期における長崎の高度な文明を味はふのである。

とすれば、シッポク料理を十全な形で賞味するためにはどうしても丸山の美形が必要である。これは文学史的にも明らかなことで、頼山陽や梁川星巌のやうな江戸後期の詩人たちも、芥川龍之介や北原白秋や齋藤茂吉のやうな大正の文士たちも、みなさうしたらしい。長崎の繁栄と賛美とは丸山をぬきにしては考へられないものなのである。この土地の漢詩人に吉村迂齋といふ人がゐて、この人の七言絶句、「三十六灣、灣、灣ニ接ス。扶桑、西ハ盡《コトゴト》ク白雲ノ間。青天萬里、國無キニ非ズ。一髪ノ晴ハ分ツ呉越ノ山」を粉本にしたのが例の山陽の名作「雲カ山カ呉カ越カ。水天髣髴、青一髪」だといふのは福地櫻痴の父、荀庵の説ださうだが、この迂齋の詩、

「石級千層、路已《スデ》ニ賒《ハルカ》ナリ。回リ看レバ繁華ナラザル處ナシ。綉閣綺樓、春、海ノ如シ。十里ノ絃歌、十里ノ花」

といふ七言絶句は、よく往年の繁昌を伝へてゐる。今はとても十里の絃歌といふわけにはゆかないし、それに季節は秋、それもオクンチが終つてからなので十里の花とはまつたく縁がないけれど、とにかくわれわれの座敷には、前半は舞子が一人、後半は芸者が一人ゐて興を添へてくれた。

その前半を受持つ丈《せい》の低い美少女は（近頃は祇園の舞子もすつかり丈が伸びていけないさうだが、その点、長崎はさすがに江戸の名残りをとどめてゐる）、しかし、

いつこうわれわれに酒をつがうとしない。部屋の隅にひつそりと坐つて、静かにほほゑんでゐるだけである。どうしたのかな、と怪しみながら、朱卓の上に飾られた五種類の前菜を眺めてゐると、やがて大ぶりの椀が運ばれ、舞子が酌をする。つまりこの吸物によつてシツポク料理がはじまるのだ。

吸物は至つて薄味のあたたかいもので、西洋料理のスープといふ趣がほんのすこしないでもないが、松茸、葛《くず》でからめた海老、梅の花の形に切つたニンジン、カマボコの巻いたもの、鯛の切身、唐人菜などがはいつてゐる。その多様な変化を楽しみながら酒を飲んでゐると（酒は最初、地酒を頼んでみたが、甘口でよくないので剣菱に改める）、真中の底に餅が一きれはいつてゐた。これがしなやかで、ねつとりしてゐて、なかなかよろしい。わたしは長崎を訪れることによつてはじめて、餅が酒の肴に適してゐることを知つたのである。どちらも原料が米だから合ふのだらうか。

この「御鰭《おひれ》」といふ儀式的なスープ（事実、鯛の鰭がついてゐる）が終ると、前菜に当るものを小皿（一人に二枚）に取り分けて食べることになるのだが、最初は鯛と伊勢海老の刺身で、殊に新鮮な鯛の甘い味はひが何とも言へない。次は鱵《あら》の湯びきで、エラ、腸、肝臓、胃、それからもちろん肉を湯びきしたものに、ほうれん草と赤カブが添へてあり、鱵の白とほうれん草の緑、カブの赤の取り合せがまことに効果的だけれども、味覚を楽しませることは視覚以上である。山本健吉氏の『最新俳句歳時記』冬の巻によると、

「長崎の有名なあらの湯びきは鰭《はた》の一種ほうせきはたで、酢味噌で食べるとよく、肝もすこぶるうまい。」

さうだが、われわれはこれを三杯酢で食べた。エラは一見ひげのやうで、こりこりした歯ごたへと言ひ、淡泊な味と言ひ、すこぶる酒の肴に向いてゐるし、そのこりこりの加減と淡泊の加減とを微妙に変奏してゆくと、腸になつたり、肝臓になつたり、胃になつたり、肉になつたりするやうな気がした。鱵といふのは大きいのになると体長一間くらゐもある怪魚ださうだが、さすが瓊浦《けいほ》（といふのは漢詩人が長崎に与へた別称である）ともなるとずいぶん味のいい怪魚がゐるものだと感心したのである。

次は紅さしの南蛮づけと、カリフラワーを甘ずつぱく料《りよう》つたものと、それからカマボコ仕立てを海苔で巻いたもので、この一品がシツポクの料理のなかでいちばん欧風といふことになるかもしれない。紅さしといふ小魚の南蛮づけは、硬いのを嚙んでゐると、そのうちとつぜん甘ずつぱい汁が泌み出てきて、やがて魚肉の豊かな味が口

中にひろがるといふ仕掛けで、つまりマリネであるし、カリフラワーは言ふまでもないし、それにカマボコ仕立てのなかにもハムやグリンピースがはいつてゐるのだ。もつとも、江戸時代には果してハムやグリンピースが長崎にあつたかどうか、これはちよつと疑はしい。

次は鰆《さはら》の照焼に卵の黄味の鮨と酢ばすとを添へたもの。この黄味鮨は一見お菓子のやうだし、そしてたしかに甘い味のくせに、酒の肴としてちよつと乙でないことはない。味に変化がついて、深みが生じるやうである。酒を飲まない人のためにところどころで甘いものをあしらふのがシツポク料理の特色だと聞いてゐたが、それもあるかもしれないけれど、上戸と下戸の双方のためにこの小さな鮨は出てゐるといふ気がした。ただし、このあとに出た十六寸《トロクスン》豆の蜜煮といふやつは、どうやら下戸だけのためのやうである。

次は千代口（これは猪口《ちよく》のあて字であらう）で、たたき山芋に生うにをのせたもの。文字どほり山海の珍味を一度に味はふ小ぶりの一品で、さつぱりした感触がなかなかよろしい。ここまでで前菜は終り。

ちようどこのころ、そぼろ仕立ての茶碗蒸しが運ばれて来る。これは、普通の茶碗蒸しの倍くらゐの容器にはいつてゐる、堂々たる貫禄のもので、こちらもおのづから雄大な気分になる。なかにはいつてゐるのは細切り豚肉、タケノコ、モヤシ、椎茸、三つ葉などだが、何しろ豚肉入りだから脂肪分すこぶる濃厚で、そのくせどういふ秘法のせいか味は意外に淡泊である。その、コッテリとアッサリとの対照ないし調和ないし共存がじつに妙を得てゐて、これこそシッポク料理の精髄といふ感じがしたけれど、この性格は、次の大鉢とその次の豚の角煮においてさらに顕著になつた。

大鉢は煮ものばかりで、袋鳥と肉ダンゴと白芋と塩むし鮑《あはび》と青豆だが、このなかでの尤物《ゆうぶつ》は袋鳥である。これは観音びらきにした鳥のなかに、下味をつけた糯米《もちごめ》を詰めて一度蒸し、布巾に包んで麻糸でゆはへ、もう一ぺん煮たもので、葛をかけてある。一口食べても、たしかにそのくらゐ手間がかかるにちがひないと判る複雑な味で、いはば贅美を盡した豊満な料理である。かういふものを食べ、さらに牛の挽肉《ひきにく》を甘くこつてりと煮た肉ダンゴを食べ、合の手に杯を口に運び、それから白芋や鮑や青豆をつつきながら、若宮神社の祭礼の笛の音が遥か彼方から渡つて来るのを聞いてゐると、非常にみちたりた気持になるが、料理はまだつづいて、いよいよ豚の角煮が現れる。

これは例の東坡肉で、言ふまでもなく中国伝来の代表的日本料理、その本場がこの崎陽《きよう》（これもまた長崎の中国ふう別称）の地なのである。大きく切つた豚の三枚肉をいため、下味につけてゆつくりと煮るわけだが、第一に肉がよく吟味してあるし、第二に料理人の腕がいい。甘くて、脂つこくて、そのくせ奇妙に淡泊で、脂肪の層と肉の層とがいつしよに舌の上で淡雪のやうに溶ける趣であつた。ただし、ときどき外側のところに豚の毛が二三本ついてゐることがあるけれどその毛がゴソッと来るときがいちばんうまい、といふのは富貴楼のおかみの説であるが、わたしの場合にはゴソッと来なかつた。まことに遺憾なことと言はなければならない。

ここで思ひ浮ぶのは広瀬旭荘の子、林外の『崎陽雑詩』といふ七言絶句である。おそらく豚の角煮を詠じた漢詩はこの一篇以外にないはずだから（と言つても無学なわたしの臆測ゆゑあまり信用されても困るけれど）、これはやはり引用したくなる。

「商館峻嶒、古浦ノ隈。蠻珍洋器、燦トシテ堆ヲ成ス。歸途、好ンデ喫ス東坡肉。清客、新タニ酒肆ヲ開イテ來ル」

そして、林外先生もまた東坡肉のあとはきつと吸物だつたにちがひないのだが、この吸物は蒔絵《まきゑ》の椀で、魚のすり身とカブとキクラゲが浮んでゐる。なかでも西山カブといふやつが柔くてしつとりしてゐて非常に味がいいし、この一椀は客が口中を洗ふといふ目的にぴたりと叶つてゐる感じだつた。もつとも、わたしはしよつちゆう剣菱で洗つてゐるわけだが。

おしまひに出て来るのは梅椀といふ汁粉で、紅白の白玉がさながら暗夜の梅花のやうに浮び、そばに櫻の花の塩づけが一つ二つ、これも夜櫻といふ心意気で漂つてゐる。酒のあとの汁粉といふのはどうも気が進まなかつたけれど、酒毒を消す作用があるからとすすめられて箸をつけると、砂糖を殺して使つてあるのか、結構うまかつたし、それに、わたしが生れつき素直なたちで、暗示にかかりやすいのかもしれない、たちまち酔ひがさめてゆくやうな気がした。

長崎の南方一里、橘湾に臨む茂木といふ漁港があつて、ここの魚料理がおいしいといふ話はかねがね聞いてゐた。第一、むやみに安いといふのである。そこで二見といふ生簀《いけす》料理の店にゆく。本当のことを言ふと、生きてゐる魚を眼の前につきつけるといふ仕掛けの店はあまり好まないのだが、日曜のせいでもう一軒の店の板前が休みを取つてゐたため、かういふことになつた。

わたしが案じてゐたやうに、まず蓋つきの大鉢が運ばれて来て、蓋を取ると車海老と芝海老がなかで泳いでゐる。女中がその芝海老の頭と殻を取つて渡すので、心を痛めながらもやむを得ず醤油で食べると、ねつとりとして甘く、じつによろしい。それは何か、自分がいま眼前にひろがつてゐる橘湾の大魚となつて遊弋《ゆうよく》し、ちよいと潜つてオルドーヴルを口にしたやうな感じで、すこぶる食欲を刺戟された。そんな調子で飲みだしたせいか、吸物のあと、大皿に盛つた真鯛の生けづくり（これに伊勢海老と鮑が添へてあつて、みんな生きて動いてゐる）が出てもあまり気にならない。ただし、大きな鯛の眼の上に一刷毛さつと塗つた、当節の娘のアイシャドウのやうなコバルトいろが見る見る薄れて行つて、つひに大年増の眼の隈になつてしまつたのには、多少の感慨がないでもなかつたけれど。

この店で特によかつたのはヒラスといふ魚（ブリの小さいやつ）で、よく脂が乗つてゐて酒の肴にぴつたりである。刺身をアサツキのミジン切りであへたものが皿に盛られて出て来るのだが、これを酢醤油で食べてゐると、アサツキのさはやかさとヒラスの程のよい脂とがいづれもいつそう引立てられ、そしてそれがまた酒の味を引立てて、つまりいくらでも飲めさうな気がした。もちろん御飯のおかずにも絶好のはずで、これなら、ちようど酒が進むやうに何度も御飯をよそつてもらふことになりさうである。

わたしに富貴楼をすすめた最初の人は、佐世保生れの作家、井上光晴さんなのだが、彼はこの豪勢な店と好対照をなす店を教へることも忘れなかつた。これは社会的視野の広い井上さんの作風にふさはしいことと言はなければならないし、また、その店を紹介する際、まづ次のやうな挿話を語つてくれたのも、いかにも小説家らしかった。

——今から十何年か前のこと、彼は一人で長崎の思案橋のへんを歩いてゐた。(本當は『地の群れ』や『乾草の車』や『象を撃つ』の文体で書けばおもしろいのだが、ここではちよつと手を抜くことにする)と、雑沓のなかから、うらぶれた爺さんが寄つて来て、

「お兄さん、ちよつと」

「……?」

「いい店に御案内しませう」

と爺さんは小声で言つた。

ポンビキだ、と彼は反射的に考へ、女も悪くないな、とこれもまた反射的に考へた。彼は文壇三大音の随一と噂される大きな声で（参考までに言つておけば、ほかの二大音は開高健さんとわたしださうである）、

「おう、案内してくれ」

と答へ、そのせいで思案橋附近の喧騒ははなはだしいものとなつた。しかし、期待に胸をふくらませてついてゆくと、このポンビキのはずの男は横町にあるバラック建てのギョウザ屋の戸をあけ、

「ここのギョウザはうまいですよ」

とささやいた。ギョウザ屋の客引きだつたのである。

井上さんはわたしにさういふ話をしてから、店の名前は忘れたけれど、ぜひここへゆけ、小さくて円いギョウザで、値段のわりには天下の美味と称して差支へないと、殷々《いんいん》と轟く声で推奨したのだ。

小説家にとつて最も重要な資質の一つはフィクションの才であるし、それに井上さんが小学生のころからその才能に恵まれてゐたことは、当時、嘘つきミツちやんと呼ばれてゐた（わたしはこのことを彼の自伝的な作品のなかで知つた）ことでも見当が

つく。それゆゑ、長崎ではギョウザ屋に客引きがゐるといふのはどうも怪しいとは思つたけれど、あの批評家的側面を持つ作家がこれだけ保證する以上、試食する価値はあると判断したのだが、たしかに彼の言ふやうに、小さくて円いギョウザはじつによかつた。絶品である。ただし、客引きはゐなかつたけれど。

そして、案内係がゐないのも当然のことで、二十年前に開店した雲龍亭といふその一口ギョウザの店は今すこぶる繁昌し、支店をいくつか出すほどの勢ひらしい（今年——昭和四十七年——から東京の八王子の駅前にも支店ができた）。わたしが行つたのはその支店のほうである。

教はつた通り、焼酎とギョウザを注文する。ギョウザは焼ギョウザで、大きさはタコヤキほど。シュウマイよりほんのすこし小さい。そしてこのくらゐの、一口でひよいと食べられる大きさだと、酒の肴、いや焼酎の肴に非常にいいのである。近頃の東京、いや日本中の普通の土地の、まるで柏餅のやうな、あるひはワッフルのやうなギョウザでは、ちよいと箸で口に運ぶ気軽な趣がない。重苦しくて、酒の味が落ちてしまふ。それにひきかへ長崎は思案橋の一口ギョウザには、まさしく点心と呼ぶにふさはしい可憐な風情がある。

なかに詰めてあるのは、挽肉、タマネギ、卵、ニンニク、ニラなど、総計十一種類くらゐださうだが、これがよほど工夫を重ねたものと見えて、焼酎の味を生かすことこの上ない。殊に大事なのは、この汚れた店の円くて小さくて安い（一人前が十個で百円）ギョウザもまた、濃厚にして淡泊といふ、シツポク料理の特色を身につけてゐることだらう。漢民族の北方料理は、戦争のせいで遠くこの街に移入され、瓊浦の料理の伝統はこのささやかな一皿のなかで生きることになつた。すなはち長崎の味はまだまだ亡んでゐないのである。

＊まるや・さいいち（大正14年〜）作家。
＊文春文庫『食通知ったかぶり』（昭和54年）収録。

コロンブスのれんこん

江國　滋

熊本の「からし蓮根《れんこん》」に、ひところ狂的に凝ったことがある。蓮根の穴に和辛子(麦味噌《みそ》とねりあわせてある)をつめて油で揚げただけの、なんということもない保存食なのだが、蓮根独特の歯ざわりと、ツンとくる辛子の風味と、空豆の粉の衣とが、うまいぐあいに調和して、一度たべるとちょっと病みつきになる味なのである。

私はどうも偏執狂的なところがあるとみえて、凝ったとなると、とことんまでのめりこんでしまう。三度の食事にはもちろん、おやつにからし蓮根、晩酌にからし蓮根、夜食にからし蓮根、寝酒にからし蓮根というようなあんばいで、ひまさえあればからし蓮根を賞味しているうちに、この穴にどうやって辛子をつめるのだろうかという疑問が生じてそれが気になって気になって、それでとうとう蓮根の辛子のつめ方を見に熊本まで行ってきた。

蓮根に、そもそも穴はいくつあるものか。中心の穴は芯のようなもので、そのまん中の芯をとりまいて八つの穴が巣のようにあいているのが、素姓正しき蓮根であって、八つの巣だから「はす」と呼んだのだ、と現地で教わった。その八つの穴が、まっすぐ開通していればともかく、蓮根のねじれぐあいに応じて穴のほうも当然ねじれているにちがいない。そこにどうやって、辛子をまんべんなくつめるのか。針のない注射器のようなものでも使うのか、それともチューブにいれて押しだすのか、あるいはデコレーションケーキのデコレーションづくりのように、三角の袋の角からにゅるにゅるとしぼりだすのか、それともトコロテンの道具のような特別製の、蓮根の穴のカーブに合せた棒でもあるのか。あれこれ思いめぐらすうちに、人知の結晶がここにある、というような気がしてきて、期待に胸をふくらませながら、熊本市新町の「元祖」を名乗る店をたずねた。

「ウチのからし蓮根は、細川家直伝の製法ですたい」

七十何歳になるという九代目当主が、胸をはっていうことには、もともとからし蓮根というのは、細川藩三百年の栄養食で、その製法はながく門外不出とされてきたのを、当店の先祖がとくに許されて市販をはじめたものであり、その証拠に、由来書は当店にしかないのである、うんぬん。

終戦直後に、朝日新聞の記者が取材にきて製法を教えろという。

「門外不出じゃけん」

と断ったら、記者いわく。

「もう言論ば自由ですたい」

「うーん、それじゃ教えまッしょか」

というやりとりがあったそうである。

そのありがたくもかたじけない製造工程のぜんぶを、ことこまかに教わってきた。蓮根は昔は地《じ》蓮根、いまは上海《シャンハイ》種を使い、これをまず洗い上げて、フシをおとし、二十センチぐらいに切ってから湯がいて、それから……と懇切をきわめる説明は以下割愛して、さて、問題の辛子づめである。

「なに、こりゃ簡単ですたい」

若い衆が二人、店の土間でせっせと辛子をつめていた。タライのような大きなボールに、ねりあわせた辛子味噌がはいっている。フシをおとした蓮根を片手でぐいとにぎって、その蓮根の断面、つまり下の切り口で辛子味噌をとんとんたたいていると、五、六秒で、上の切り口の八つの穴から、にゅるにゅると辛子があふれ出て、それで一本あがりという仕掛けである。

簡にして明。なんのことはない、コロンブスの卵であった。

出来たてほやほやのコロンブスの蓮根を買って宿に戻り、あつあつのごはんでたべたら頬がおちるようであった。

熊本はごはんがいい。名だたる肥後米である。以前、テレビで伊丹十三氏が「親子丼珍道中」というしゃれた紀行番組を放送したことがあった。最上最良の材料だけを使って親子丼を作ってみせるという趣向で、かしわと鶏卵は名古屋のどこそこ、三ツ葉は神奈川県津久井、のりは佐賀県のどこ、醬油は和歌山県のどこ、というぐあいに日本一と目《もく》されるものを、伊丹さんが買いだしに出掛けるところをカメラが忠実に追っていたが、このときの米が熊本県菊池市の、たしか「レイホウ」だったと思う。そうやって精魂こめて作ったら親子丼一杯が十万円だか十五万円についた、とあとでテレビ局のだれかに聞いたようなおぼえがある。

＊えくに・しげる（昭和9年〜平成9年）随筆家。
＊北洋社刊『遊び本位』（昭和49年）収録。

南国の魔味と踊り

宇能鴻一郎

1

ちかごろはどこに旅行しても、地方の印象は似たり寄ったりのものになった。駅前には埃っぽい広場があり、貧弱な植え込みがあり、何とか銀座、の名を冠した安っぽいアーケードの商店街があり、通行人や、売っている商品の種類まで、東京にほとんど変りがない。

幸いにこの画一化の波は、今回訪れた奄美《あまみ》大島には、それほど及んではいなかった。YS11機がしだいに高度を下げてゆき、やがて雲の切れ目から見えだした島の外観からして、すでに日本内地の風景とは、はなはだしく異なっていた。

あざやかな紺いろの海は、島の周囲で急に色が変っている。その緑や赤っぽい縁どりに、白波が砕けているのが、あざやかな対照を見せている。首飾りのように島の大部分をとりかこむ、これは珊瑚礁なのだ。

たちまち眼下に吸いよせられる、島の風景も変っている。水田も工場もほとんど見あたらず、一面に拡がっているのは枯葦の原に似た、見わたすかぎりの甘蔗《かんしょ》畑である。そのなかに蘇鉄《そてつ》の一段と暗い緑が点在している。重たげに実をつけたバナナの林が流れ去る。

ＹＳ11は、機内の感じはバイカウントやコンベアの同型機とほとんど同じだが、発着のショックはいちばん少ないように感ずる。震動も、プロペラ機にしては静かである。ドアにはタラップが格納されており、着陸するとこれがニョキニョキと伸びて、地面に着く。規定の高度に達するのも短時間で、ベルト着用のサインはすぐに消える。ただ低翼なので中ほどの座席では下が見えないこと、窓がまん丸なことが、高翼の、タテ長の窓をつけて下がよく見えるようにしたフレンドシップにくらべて、楽しさの点で足りない。そして、性能が同じならば、乗物はすべて、楽しい方がいいのである。

降りてみると、外は曇っていて、半袖シャツ一枚では肌寒かった。直射日光の下でならともかく、朝夕は内地と、さして変らぬ涼しさである。空港からまっすぐ、島の中心である名瀬《なぜ》市にむかったのだが、道の両側には延々と砂糖キビの林がつづき、あるいはバナナの房が累々と下った群落があり、農家の庭先にはパパイヤのヒョウタン型の実が下り、背の低い尖った葉が重たげな果実を一つずつ天に捧げているパイナップル畑があり、それによく似たアダンがあり、いかにも熱帯の植物らしいガジュマルがあり、まことに南の国へ来た、という実感が豊かである。道傍の立看板に、「日本大相撲来る」と貼り出してあるのも、奇妙な異国情緒の錯覚を起させる。

甘蔗や果物のほかにも、道の両側には仏桑華《ぶつそうげ》の赤、白、紫、一重、八重、ブーゲンビリアの真紅、ジンジャーの白、などさまざまな色彩の花が咲き乱れている。曇り空の下でこれほど色彩が強烈なのだから、陽光の下ではさぞ、全島が燃えあがらんばかりの、百花撩乱《りょうらん》ぶりを示すにちがいない。

空がいっそう暗くなったと思うと、たちまち豪雨がフロント・グラスを叩きはじめた。まさに熱帯のスコールである。黒い小牛が、車の前をトコトコと逃げてゆく。茅《かや》葺《ぶ》きの、鼠が入らぬように床を極端に高くした〝高倉《たかくら》〟が、雨のなかに見えかくれする。弥生《やよい》式時代の建築様式をそっくり残しているこの高倉は、いまも穀物倉庫として使われているが、この島だけにしかない独特の建築だということである。

スコールにふさわしく、雨はたちまち上る。雲の切れ目からは、ときおり陽光が射しはじめる。予想に違わぬ、激烈な陽ざしである。路傍の小さな店先にバナナの房がいくつも吊してあるので、一房買って味わってみたが、本土にあるのよりは小さく、甘味は薄く、そのかわり匂いが上品で、清潔な酸味があり、ぼくは美味く感じた。小笠原、またの名をモンキー・バナナという品種だそうである。

　もっとも、房からちぎって食べるとえぐみが残っていてうまくない。根元を握って房を宙につるし、ストリップ・ティザの尻振りよろしく左右に振ってみる。すると熟した実はパラパラと落ち、熟さぬ実だけ房に残る。そこで落ちた実から食べるとよろしい。これは実はぼくが、空港から名瀬市に向かう車のなかではじめて発見した方法である。なぜそうした発見に至ったかというと、つまりそれだけ、道路が悪く、したがって車の震動がはげしく、ホテルに到着するまでに、大事に捧げ持っていた実の大部分が床に落ちてしまったからである。ニュートンはリンゴの落ちるのを見て万有引力の法則を発見し、ぼくははるばる奄美大島まで来てバナナの落ちるのを見て、万有引力の利用法を新たに一つ発見したわけである。

2

　名瀬市は美しい港に面し、山にかこまれた、小ぢんまりした街である。クリスチャンが多いらしく、街の小ささにくらべて、教会がやたらに目につく。ホテル奄美は、島で只ひとつのいわゆるホテルであるが、部屋は和式で、設備もまあまあ悪くはなかった。

さて、食べ歩きの成果であるが、島の人々は本土からの客に、島の景色や名所旧蹟を見せることにははなはだ熱心だけれども、島特有の食べ物を提供することにかけては、あまり積極的でない。これは田舎ふうの料理を出して笑われては、というはにかみの結果なのだから、客の方から積極的に、こういうものが喰いたい、とホテルや宿屋に注文を出すなり、名瀬市の郷土料理の店を紹介してもらうなり、あるいは材料を買ってきて自分で調理するなり、とにかく意志を表示する必要がある。その調理の方法も板場《いたば》まかせだと、とかく上品な都会風なものになって、郷土色を味わえない危険もある。

早い話が、名瀬市の名物に大エビがあり、体長一メートル八〇をこす錦エビ、色あざやかな珊瑚礁エビ、美しい紫いろの大伊勢エビなどが、ホテルのロビーに飾ってある。そこで夕食にはさっそくエビを注文し、体長一メートル八〇とはいかなくとも、赤ん坊ぐらいある巨大な各種のエビと、悪戦苦闘する夢を心楽しく描いていたのだが、じっさいに出てきたものは長さ二十五センチぐらいの、日本中どこにでもある伊勢エビの、刺身一匹分と焼いたの半匹分だけだった（ただし味は極めてよく、こんなに肉の固くしまったエビに、ぼくはまだ出会ったことがない）。

「大きいのもそう高くはないのだが、お客様がお残しになりますので」

という話だったが、たとえ残してもいい、腹をこわしてもいい、化物の如き大エビに、それもありふれた伊勢エビなどではなく、肉の量は少なくともいいから珊瑚礁エビや錦エビなどの変った奴に、脂汗を流しながら取り組ませてこそ、客はほんとうに満足し、まさに奄美に来た、という実感に浸り、深い印象を抱いて帰るのではあるまいか。

奄美大島が上品な京都料理のマネをしたってはじまらない。この南の島のセールス・ポイントはあくまでも原始性である。そして、料理における原始性とは、具体的にいえば素朴さと量の多さである。多種多様である必要は決してない。ポリネシヤの名物料理が、ルアウと呼ぶ豚の丸焼きであることが、いい参考になろう。とにかく、奄美大島の観光業界は以後、島を訪れた観光客は、一人たりとも、腹をこわさせてからでなければ帰さない、という決意を固めるべきである。

さて、第一日が不作だったので、二日めは先に述べた方針通り、こちらから積極的に奄美らしい食べ物を追っかけてまわることにした。朝七時にホテルを飛び出して、魚揚げ場と称する魚市に行く。折しも漁船が帰ってくるときで、一家総出で小舟からたぐりあげる網のなかには、例の多種多様のエビが声を出し、はげしく身を屈伸させ、朝陽に美しく甲羅を光らせながら上ってくる。学生風の旅行者が二人、漁船から直接伊勢エビを買っていたが、一匹が二百円ぐらいだったようである。

市場は、まさに絢爛豪華な色彩の洪水だった。水を打ったコンクリートの上で、おびただしい逞しい腿《もも》にまたがられて、アカマツ（ヒメダイ）、アカズミ（コアカハタ）、カンランハギ、テンジクダイなどをはじめとする、色とりどりの魚たちが、花畑のように横たわっているのだ。これほど華麗な色どりにみちた魚市場を、ぼくはまだ見たことがない。

この美しい魚たちを片っぱしから買いこんでいきたかったのだが、残念ながら持ち運びが不便である。止むなく脂の乗ったカンパチを買って、今日の予定地の古仁屋《こにや》で食べられるはずのアカズミ（赤い斑点のある美しい魚である）といっしょに調理してもらうべく、車に持ちこんだ。

3

古仁屋は赤や青の屋根のあいだに教会の塔がめだつ、これも山と港にはさまれた、美しい街である。大衆食堂の、風の吹き通る二階で、まず用意のアカズミから始めた。あっさりしていて、ややヒラメに似ているが、はるかにアクが少ない。ツマは一見大根のようだが、これが名産パパイヤの千《せん》切りであった。大根ほど辛くなく、噛みしめるとヤシの実に似た脂っ気が少しあり、いかにも南国的なツマである。持参のカンパチもうまかったが、これは本土で喰う上等の奴と、さして差はなかった。

ここでハブのカバ焼というのを喰った。猛毒を持った蛇だが、弾力に富んで、なかなかうまい。ウナギと焼き鳥の中間の味だが、ツグミの焼いたのなんかより味が複雑で、結構である。生臭さもまったくない。ただ骨がハモみたいに叩いてあるだけなので、舌に触《さわ》って食べ辛かったが、店によっては骨を抜いて喰わせるところもあるそうだ。

古仁屋での圧巻は、何といっても名物の黒ブタを使った、〝トンコツ〟であった。それも鹿児島あたりで喰うのとちがい、豚の脚を骨ごと輪切りにブッタ切って、ショウガと味噌《みそ》でトロリと煮込んであるのだ。半透明のこの皮と脂に、がぶりと歯を立てた瞬間、大げさにいうと、ぼくは戦慄に近い陶酔が全身を走りぬけるのを感じたのである。鹿児島で喰えなかったウラミを、ついにここで果したという喜びもある。しかしこれは単なる脂肪ではない。ジェラティンでもない。神韻縹渺《しんいんひょうびょう》とした味覚の粋が、ねっとりと練りあげられて、歯に、歯肉に、舌の上下に、頬の裏側に、まといつき貼りつく、とでもいったらいいだろうか。そのねっとりした麗質のあいだに風味ゆたかな肉がある。そして骨を包んでいるのは、皮や脂肪の味わいとはまた違った半透明の、粘着力の強い、滋味ゆたかな物質である。

瞬間ぼくは、七十五キロの体重をこれ以上増さない用心のことを忘れた。こうした美味で血管にコレステロールが沈着するのなら、それでもかまわないと思った。糖尿病も心臓病も糞くらえ。腹がつき出てモテなくなってても知ったことか。はじめて奄美らしい原始的珍味に接して、ぼくは感激のあまり、追加注文に追加を重ねて、かなり分厚くブッタ切った豚の脚を三箇もまたたくうちに平らげてしまったのである。もちろん名産の泡盛「瀬戸の灘《なだ》」で絶えず舌を洗いながら。

しかし、さいごに熟しきった黄いろいパパイヤを喰いおわると（これはカボチャと柿の合の子みたいな、奇妙な味だった）もう動けなくなり、グラス・ボートで珊瑚礁を見る計画も、パインアップル畑を見る予定もいっさい取止め、一時間ばかりは畳の上にぶっ倒れて、ひたすら唸っていたのである。喰いすぎの苦痛はたしかに苦痛ではあるが、どこか心楽しい、充実した、悦《よろこ》びに満ちた苦しみである。胃の内容物が逆流せぬように注意しつつおくびをもらし、ついでにあくびをし、満足のあまりの涙さえ浮かべながら、ズボンのチャックを開き、背中の座布団の位置を調節して少しでも楽な姿勢をとり、陽光と海からの風に頰をなぶらせて、喰ったものがゆるゆると消化されてゆくのを感じるときほど、自分が生きている、という実感がひしひしと湧いてくることはない。

この幸福感のお礼の意味で、ようやく動けるようになると取りあえず、近くにある養豚場を訪れることにした。芋畑のある山際に、コンクリートの低い塀に仕切られて、食べごろの大きさの黒豚がウヨウヨしている。その一つの個室に、種豚だという牛ほどの大きさの、真っ黒い奴が気持よげに昼寝をしている。体をこすってやると悦ぶと聞いたので、サーヴィスとして壁に立てかけてある長い柄《え》のついた掃除用のブラシをとり、塀の外から横腹を摩擦してやる。はたして黒い巨大な豚は心地よげに鼻を鳴らして、ぼくの奉仕を受けていたが、長い柄を通じてこの動物の、弾力に富んだ緊密に締まった、快い肉の弾《はず》みを感じとると、こんどはこの巨大な奴の胴体を輪切りにして、トンコツとして、歯をガブリ、と立ててみたい、という妄想に、ぼくは烈しく捕えられたのである。

前日の不作にくらべて、二日目のこの日は実についていた。夕方、魚市場に海亀が上り、ホテルで肉を喰わせて貰えることになったのである。直径一メートル近い巨大な奴だから、肉も前肢《あし》のつけ根のいいところだけを取っても、文字通り山のようにある。これを酒で茹《ゆ》でて、匂いを抜き、脂を抜く。さらにショウガとショウユを加えて煮直す。

味は淡白なことはトリ肉のごく上等のところに似ている。ただしもっと柔らかく、といってもトンコツのようにねっとりではなく、むしろムチムチとした弾力に富み、快く歯や舌を圧《お》し返してくるのである。もっとも歯切れはよい。たしかに美味いのだが、ぼくは、昼間のトンコツのせいで、二切れを平らげるのがやっとだった。とはいえ、肉の一切れの大きさも、鶏や七面鳥よりはるかに大きいためもあって、まるで駝《だ》鳥《ちょう》か何ぞを喰っている感じである。これは赤海亀なのだが、青海亀だと香気があって、さらに美味いそうだ。ホテル奄美内の久保田土産店に頼んでおけば、運が良ければ、誰でも食べられるはずである。

この海亀には、ニンニクの味噌づけがまことによく調和する。ちょっと見た感じは茶いろのラッキョウみたいなのだが、噛んでみるとまさにニンニクである。でなければ奈良づけに似て、もっと辛いパパイヤの味噌づけ。そしてこれらの珍味にいちばん合うのがビールでも日本酒でもない、特産の泡盛であることはいうまでもない。

4

昨日食べたハブのカバ焼はうまかったが、正直に言って、小石を散らしたような骨片が歯ざわりだった。どこかに骨抜きしたハブを食べさせるところはないか、と聞いてみたら名瀬市に一軒ある、という。うまく骨抜きしたハブの肉は、さぞムチムチし、ゴムのような歯ごたえがあって、しかも噛みきれて、さぞうまいだろう。そう想像して、小さなタクシーで、さっそく駆けつけてみた。

店ともいえないほどの、小さな土間《どま》である。何となく生ぐさい匂いがする。どうもヘビ料理屋は、本物を使用している、というデモンストレイションなのか、ことさらウィンドウに、生きた蛇をくねくねさせていたり、客の目の前で調理してみせたりするのは、趣味が悪くていけない。ヘビの肉そのものは決してまずくはないのだから、できるならば物かげで調理し、ヘビの姿は決して客に見せず、生ぐさい匂いも客席に来ないようにして、出してほしい。

もっとも、ヘビ・マニヤは、生きた奴がゴニョゴニョしていると、かえって猛然と食欲をそそられるのかもしれない。とにかく、いま主人が留守で料理が出来ない、と聞いて、ぼくはほっとしたことは、たしかであった。

それならば主《あるじ》はどこにいるか、と聞くと、いま近くのハブの野外飼育所に行っているという。しかも野外飼育所では、ハブの天敵であるマングースも飼っており、実験と観光をかねて、ときどきハブとマングースを戦わせている、という。

それでは、というのであとを追って野外飼育所に行ってみた。

野外飼育所の主要な設備は、直径十メートルほどの、コンクリートで固めた、丸いプールである。もっともプールの壁はやや内側に反り、ハブが上にのぼって来られないようになっている。下には土をしきつめ、木が植えてあり、水がちょろちょろと流れている。

ハブの特徴ある縞《しま》目模様の鱗《うろこ》が、その葉かげに烈日を浴びて見えかくれしていた。

ハブ料理屋の主人は、はたしてここにいた。その一匹に用事があるらしくて、ゴム長をはいてずかずかと入ってゆく。棒でたくみにあしらって、ハブをつかむ。猛毒を持った蛇は、わずかに反抗の気がまえを示して首をちぢめたが、いともかんたんに抑えられ、空しく体を屈伸させているだけである。

この蛇を研究所の建物に持ちこむ。口を開かせると白い口腔内に、はたして鋭い牙が見えて、立ちあがってくる。それを試験管の上に持ってきて蛇を刺戟すると、透明な美しい液体がわずか、たらりたらりと試験管に滴《したた》る。これがハブ毒で、蛋白質の強烈な分解酵素をふくんでいるため、嚙まれるとそこからくさってゆき、少し以前は、まず助からなかったそうである。

いまでは、このハブ毒から製した血清があるので十中八、九助かる。もっとも油断は大敵で、研究所内には大きいガラス筒につけた人間の、白くふやけた片脚があったが、これはヴェテランの、ハブ捕り屋さんの脚だったそうである。

ハブ毒には免疫性があり、体質による反応の強弱もあり、ヴェテラン氏は嚙まれつけているうちに、まったく平気になったらしい。それで油断して、おそらく血清も持っていなかったのだろう、と思う。

それがあるとき嚙まれたら、たまたま体のコンディションが悪かったのか、激烈な反応があった。とうとう片脚を切りとらねばならぬことになったのだ、というが、いまでも生きているその人は、この以前は自分のものだった脚を眺めて、どんな気持がすることであろう。

こちらも、あまりいい気持ではない。おまけに研究室内の金網には採毒用の、生きたハブがウヨウヨしている。

「マングースと喧嘩させますから」

と言うので、庭に出てみた。リスをうんと大きくしたようなマングースが檻《おり》の一方に入れられ、間に仕切りをして、もう一方にはハブが入っている。一メートルにちかいかなりの大物である。

仕切りがあがる。一瞬マングースがハブに飛びついた。首の根っこにがっちりと歯を立てる。はげしく振る。ハブは必死に身体を屈伸させて反撃するが、むだである。たちまちハブは頭をくいちぎられ、陽光と蘇鉄《そてつ》の葉影のもとでの一瞬の惨劇はけりがついた。それにしても、とぼくはふしぎに思う。なんでぼくたちは、こんなとき無条件でヘビを憎みマングースを応援したい気持になるのだろう。

ハブ料理屋の主人が器用に皮をはぎ、肉を開いた。しかしもう、食べる気はしなかった。生ぐさい匂いがまだ鼻先にこびりついているようだった。このハブの皮は美しい模様を生かして、ハンドバッグやベルトの材料になるという。

5

大エビ、ハブ、トンコツ、海亀に並んで、奄美で美味かったものに、島の北端、飛行場近くの竜郷《たつごう》村の「焼ウニ」があった。といっても店で、商売でやっているわけではない。近くの美しい入江にゴロゴロしている白ウニを、ズボンの裾をまくって四、五十箇あつめてくる。これを村役場の裏の空地に持ちこみ、役場から包丁を借りて卵を出し、口を大きくあけたウニの殻につめて、やはり役場から借りた七輪《しちりん》で焼くのである。

殻を割るコツは二本の包丁を立ててこじればよい。内臓を海水で洗いおとしたあと、残った卵はスプーンですくう。殻を利用するウニは、中心部を包丁でつつくと、きれいに丸い穴があく。以上もぼくの、実験の結果の報告である。

「どなたが見えても七輪はお貸しします。御案内もします」

と助役さんの言葉であった。

近くには西郷さんが三年のあいだ流されていたという小屋が残っている。美しい入江には真珠が養殖され、その殻につく海藻をねらって、一尺ぐらいある魚が文字通りひしめきあっている。銛《もり》で突いてみたが、意外に深さがあって、届かなかった。水が透明なので、浅く見えるのである。こういう所を真白なヨットで、ふらふらとまわったらさぞいい気持だろう。

島をぐるりととりかこむ、まだ舗装されていない道の両側には、いたるところバナナや砂糖キビの林がある。サイダーを飲みに茶店兼、駄菓子屋兼、雑貨屋みたいな店に降り立って、バナナの林に歩み入ってみた。

まさに熱帯の、ジャングルの雰囲気である。ところどころにたわわなバナナがぶらさがっている。バナナは見慣れているからまあいいとして、ところどころに実にワイセツな、早く言えば男子性器の亀頭《きとう》を特に誇張したような形の、巨大な赤紫いろの物体が、葉のあいだからぶらさがっている。仔細にみるとこれがバナナの花で、亀頭に似た部分は花びらが、何層にもかさなって巻いているのだった。

この花びらがむけて、落ちたあとの小さなつけ根が、しだいにふくらんで、やがて一本ずつのバナナになるのである。そう思って観察すれば納得がゆくが、とにかくうす暗い林のなかで、こんな奇怪なしろものがそれも毒々しい赤紫いろで何本もだらりと、長くぶらさがっているのを見ると、やはりこの世のものならぬ奇怪な悪夢に襲われたような気がする。

6

この島で書き落とせないのは、旧暦八月を中心に折に触れていたるところで行われる、八月踊りと称する歌と踊りである。ぼくの見たのは名瀬市の市内であったが、公園や、街角などで二、三十人の老若男女があつまって、小さな太鼓と蛇皮線《じゃびせん》で、夜遅くまで踊り狂っているのだ。この踊りは、同じ部落の出身者ばかりが集まって行われ、部落内の名瀬市における成功者の家を、順番にまわっては踊るのである。

成功者は泡盛を何本か寄附し、ともに歌い、踊りながら故郷を偲ぶのである。もちろん、歌も踊りも部落によってそれぞれ違う。

市内の、中町公園で見たのは、島の北端にある笠利町喜瀬部落出身者だけによる八月踊りだった。方言の歌詞はよく判らなかったが、男女の掛け合いが多いことから、恋歌が主であろうと推察された。しかし、そのなかに悲しい伝説の主人公を歌ったものや、教訓歌も含まれているという。

太鼓を打つのが女性に限られているのも、巫女《みこ》の伝統を残しているようで興味ぶかい。男は鉢巻をしめて勇壮に、しばしば激しい口笛の気合を入れ、女は紙花を持ってごく簡単な振りつけであるが、つつましく優しく踊るのである。

それにしても、月に照らされた人々の踊りの、何と哀愁にみちていることであろう。人々の歌声の、何と物寂しいことであろう。かがり火の明るさは、まわりをとりまく夜の闇の広大さを際立たせる役にしか立ってない。歌声の賑やかさも、眠りこんだ世界の静けさをより強く感じさせるためにしか役立っていないのである。

たしかに、このようにして人々は生きてきたのだった。甘蔗《かんしょ》を作り、米を作り、子供を生み、育て、やがて大地に帰る生活のなかでの、只ひとつの楽しみも、実はこのような哀れな、淋しい、はかないものだった。そして愛し、と書いて「かなし」と読ませたように、われわれの先祖たちにとっては、愛することとさえも、とりもなおさず悲しいことなのだった。江戸時代までは、愛は、悲しみに他ならぬという気持は日本人のうちに、まだはっきり残っていた。それがいつか、愛は喜びに変り、さらに現代では刺戟の一種でしかなくなってきた。

しかしここ、奄美では、愛はまだ悲しみなのだ。愛人のことを加那《かな》と呼ぶ風習は、むろん愛しを悲しと読ませた日本の古い言葉から尾を引いている。故郷の村の、高倉のまわりで、月を浴びながら蛇皮線と太鼓の伴奏で、夜の更けるまで踊りつづける若い男女のあいだを浸《ひた》している愛の感情は、もっと明るい、現代的な愛の喜びからも、いわんやゴーゴーやモンキー・ダンスを踊る若者たちの刺戟からも、遠いにちがいない。

市内のバーの、〝ママ〟と、〝パレス〟で、その夜、いかにもこの島の生まれらしい、浅黒い眉の濃い、眼の表情の豊かな女性たちが歌う民謡を、あかず聞いた。なかでぼくがいちばん飽きなかったのは、月の砂浜での逢引きを歌った新民謡の、さいごの一節だった。

白波ぬ立ち浜鳥ぬ立ち
愛人《かな》が御声《みくい》ぬ　如何《ぬな》て震《ふる》ゆる
如何《ぬな》て震ゆる

＊うの・こういちろう（昭和9年～）作家。
＊中公文庫『味な旅舌の旅』（昭和55年）収録。

美味は幸福のシンボル・外国編

III

エスカルゴ・ア・ラ・「蛸焼き」

山崎正和

美術や音楽と同じように、はたして料理は藝術であり得るか、というのはなかなか難しい問題です。しかし、ここに、その可能性を深く信じてソース鍋を握り、レジオン・ドヌール勲章を胸に、世界を股にかけて活躍しているひとりの料理人がいます。「新フランス料理《ヌーヴェル・キュイジン・フランセーズ》」運動の総帥格として、近頃では日本でもあちこちで名前を聞くようになった、ポール・ボキューズ氏がその人です。

長いフランス料理の歴史のなかで、「新フランス料理」とは、ちょうど、美術史における印象派の運動にも較べられるものでしょう。ボキューズ氏の師匠にあたるフェルナン・ポアンを中心に、味つけの点でも、また料理人の姿勢の点でも、それまでの伝統に大きな変革を加える運動が始まりました。今では、それが本場フランスの料理界でも主流を占め、ボキューズ一門の団結の力で、しだいに、アメリカや日本のレストランにも影響を及ぼしつつあると聞いています。

ひと言でいえば、それは、これまでのものに較べて羽根のように軽く、瀟洒《しょうしゃ》な淡彩に仕上げられたフランス料理だといえるでしょう。こってりと、ひたすら栄養満点だったソースから重さを除き、味つけの虚飾と過剰を排して、材料そのものの味を活かす、というのがその基本的な考え方です。

一脈、日本の伝統的な料理にも通じる思想ですが、もちろん、バターとクリームを基礎とする西洋料理ですから、できあがった味の中身はずいぶん違って来ます。日本料理が、材料そのものをさらに洗いあげた純粋をめざすとすれば、ボキューズ氏の味は、いったん肉や野菜から搾った豊潤な精髄を煮つめ、それを銀の篩《ふるい》で濾《こ》しに濾した軽妙さにたとえることができるでしょうか。

これまで何度か、私もその魔術に陶酔した覚えがあるのですが、過日、機会があって、当のボキューズ氏からゆっくり話を聞くことができました。堂々たる体軀のうえに、いかめしい容貌を乗せたこの人は、予想外に雄弁で、持参のドン・ペリニオンを奨めながら、整然と抱負を語ってくれました。

聞いて見てわかったことは、「新フランス料理」がたんに味つけの革命ではなく、同時に、フランスの料理人の意識革命であり、地位向上の運動でもあったということです。それまで、ホテルやレストランの使用人の地位にとどまり、よくても小手先の職人にすぎなかった料理人が、この運動とともに、みずから店の経営者になり始めたというのです。炎熱の調理場で、煮えたぎる大鍋をあげさげし続け、過労と、気つけの大酒でとかく短命だった料理人が、やっと長生きできるようになったと、ボキューズ氏は誇らしげでした。

しかし、考えて見れば、これはまた、料理人が食卓の客と直接に向かい合うということであり、このことの意味はもっと重大であったにちがいありません。いわば、作者が初めて鑑賞者と向かい合い、直接の表現の機会を得たのですから、これが料理そのものの内容に影響しないはずはないでしょう。それまで、重さと濃厚さで押しの一手であったフランス料理が、客との対決のなかで、初めて日本風の「わび」の技術、あるいは、世阿弥のいう「せぬがよし」の戦術を発見した、ということかもしれません。

もっとも、料理人がこうして表現者の自覚を持ったとき、そこには、いくらかの危険な陥《おと》し穽《あな》が予想されないわけではありません。とくに若い料理人が自己顕示の競争に走り、ふたたび、むだな味つけで材料の本質をゆがめてしまう恐れがあるからです。その点をたずねて見ると、ボキューズ氏はその危険性をすなおに認めたうえで、しかし、それもまた経営者としての責任が解決するであろうと、大いに楽観的でした。

多様な味覚を持った客が、料理人の自己満足を許さないだろうというのですが、それを語るとき、この人の顔には、同胞フランス国民の趣味にたいする、愛国的な信頼の色が浮かんでいました。

それに、氏はなかなかの文明論的な見識を持っていて、「新フランス料理」の将来を、現代の食事習慣の変化から保証してくれました。現代人はしだいに重い肉体労働から離れつつあり、それに応じて、カロリー摂取量もおのずから減っています。先進国では、どこでも体重制限が常識になろうとしているおりから、味とともに、栄養価も軽い料理がこれからの流行になるだろうというわけです。

これだけの見識に立って、「藝術家」ボキューズは自信に溢れていました。世界各国で料理をするという氏に、それぞれの国の好みに考慮を払うかどうかを聞いて見ると、「カラヤン氏は国によって演奏を変えたりはしない」と、これはまた意気軒昂たる答えが返って来ました。かねて耳にしたところでは、氏は、日本の料亭がメニューを見せないことに感銘を受け、故国の店でも、将来、自分の一存だけで客をもてなして見たい、と述懐していたそうです。

対談を終ると、今度は私は鑑賞者に早変りして、氏の作品を味わうべく、大阪プラザ・ホテルの最上階、淀川を遠望する「ランデヴー・グリル」に席を移しました。

カシス入りのシャンパンで味わった前菜は珍しいもので、エスカルゴ（蝸牛《かたつむり》）の身を胡桃《くるみ》入りの衣で包み、胡桃油で揚げたてんぷらでした。植物油の揚げ物が、すでに西洋料理としては珍しいはずですが、香ばしさと、弾力ある歯ざわりはただの揚げ物というより、いっそ、大阪名物のあの「蛸《たこ》焼《や》き」を洗練させた味わいでした。

そういえば、魚の白ソースかけ、フォアグラ入りのソースを添えたステーキ、と喰べ進んだあとで、さりげなく出て来たサラダも面白い趣向でした。青い野菜に鴨の薄切りがひそませてあるのですが、まだ淡紅色の身に、ほんのり甘いドレッシングがかかったところなど、どことなくこはだの酢の物を思わせる味がしました。ボキューズ氏が、日本の庶民の味を研究したのでないとすれば、どうやら「新フランス料理」には、もともと日本の感覚に深いところでつながっているものがあるようです。

それにしても、人間の味覚の世界に、真の国際化が始まったのは、考えて見ればほんの最近のことなのです。西洋人が日本料理を喰べ始めたのも戦後のことなら、日本人が「洋食」ならぬ、フランス料理やイタリア料理を知ったのも、僅々《きんきん》、この二、三十年のことにすぎません。料理はあまりにも強く人間の生理に密着していて、容易に好奇心の冒険や、距離をおいた寛容な鑑賞の対象にはなりにくかったにちがいありません。

けれども、この保守性にようやく変化の兆しが見え、人びとが味覚にも好奇心を持ちこみ始めたとすれば、これは興味深い未来を開く第一歩になるかもしれません。人間は「胃袋」そのものではなくて、「舌」と「顎《あご》」で喰べ始めたのであり、いいかえれば、生理ではなくて、感覚と想像力で喰べ始めたのかもしれないからです。

将来、人間の食事が、実用的な栄養摂取と非実用的な美食とに分かれ、日常の食事のインスタント化がますます進むとともに、他方、純粋に味覚のための饗宴が生まれるとすれば、そのときこそ、私は「プログラム」ならぬ、「メニューの余白から」の連載を始めることになるでしょう。

＊やまざき・まさかず（昭和9年〜）劇作家、評論家。
＊文藝春秋刊『プログラムの余白から』（昭和55年）収録。

豆腐談義

邱 永漢

どこの国の料理でもそうだが、シナ料理でも正式の宴席になると、料理の出し方に一定の順序がある。たとえば冷盆《ランプン》、つまりオルドーブルにはじまって、スープ、鶏料理、その後に海老、豚肉、鮑魚《あわび》、牛肉などをはさんで、炒飯になる前に、魚とまたスープの料理が出る。西洋料理とは魚と肉が逆になっているが、ご承知のように、シナ料理は十人前後で同じ一皿のものをつつく仕組みになっている関係上、料理の皿数が比較的多い。ふつう、私の家で客をするときは十二品にきめているが、人によっては十六品、いちばん多いのは田舎地主の宴会で、三十二品というのがある。私の場合は、その日の菜単《ツオイタン》（メニュー）に来客の名前を書いておき、同じ人がその次に来たときに重複しないように、半分ぐらいは料理を変えることにしている。

菜単をつくるにあたっていちばん苦労するのはスープから魚に至るまでの料理の配列の仕方であって、スープの次に出る鶏が炸子鶏《ツアチイカイ》のような揚げ物の場合には次に清《チエン》炒蝦仁《ツアウハアヤン》（海老のグリンピース炒め）のように口ざわりの柔らかいものをもってくるし、鶏が白切鶏《パッチツカイ》（鶏の丸蒸し）や塩焗鶏《イムコクカイ》（鶏の塩蒸し）のような淡白なものの場合には、次に大良野鶏巻《タイリヨンエイカイキユン》（ハムと豚肉の蒸揚げ）か炸珍肝《ツアウツアンコン》（鶏のレバーの空揚《からあ》げ）のようなしつこい味のものをもってくる。それから喉《のど》の渇きを防ぐために、またスープへ戻り、その次には単調さを破るために刺激の強い回鍋肉《ウェイオーヨッ》（豚肉の辛子炒め）とか姜葱牛肉《キョンツォンガウヨッ》（牛肉の生薑炒め）などを配し、その後で、魚の料理、窩麵《ウォミン》（しるそば）、炒飯、そして、最後に、甜湯《テムトン》（甘いスープ）になる。甘いスープはそれまでに食べた油っこいものをきれいに洗い落とし、口の中をさわやかにするためだから、この目的のためには甘さの加減に心をくばる。

　この順序をうまく工夫すると、あんなにたくさんの料理が、と思っていたのが不思議とぐあいよく腹の中におさまってしまう。私の父は家庭においても、料亭に行っても、自分が言いつけた順番に料理を出してこないと、「おまえは足のほうから先に生まれたのか」と文句を言っていた。食い盛りの子供時代に、私はいささかけげんな面持ちで、父のことばを聞いていたが、胃袋の容積がだいたいきまってからはなるほどと思うようになった。「すべて物事には順序がある」という考え方を、私は胃の腑で覚えたことになるらしい。

　ところが、この順序なるものはもともと人間がつくったものであるから、これに反逆を試みることもできれば、全然無視することもできる。たとえば、スープならスープばかり先にすすり、あとで固形物ばかり押し込む西洋料理のマナーを無視して、日本料理の流儀でいっしょに並べておいて好きなときに代わる代わるに食べたら、どんなにうまく味わうことができるかしれないと思う。その意味では私は無手勝流のやり方に反対ではない。「昔は棺桶の心配は子供がしたものだが、いまは自分でしなければならなくなった」老人たちの悲哀を、かつて私は老人の立場から小説に書いたことがあるが、家族制度が崩れていく過程にだってその必然性があるはずである。それと同じように、今後、料理の世界にだって「彼は昔の彼ならず」ということが起こりうるだろう。その場合、私は「長幼序あり」などとしかつめらしい立場からではなく、あくまでも合理主義の立場から是非を判断したいものだと思っている。

たとえば、シナ料理というと、日本人の頭にまず浮かんでくるのは、魚翅《イーチー》（鱶《ふか》のヒレ）や燕窩《インオウ》（燕の巣）などの珍しい食べ物ではあるまいか。珍しいがゆえに貴いという考え方は中国における伝統的思想のひとつで、「山珍海味《サンツアンホイメイ》」ということばで端的に表現されている。ところが山珍にしても海味にしても、昔は主として地理的な距離と大きな関係があった。そういえばシナ料理の重要な材料である魚翅、海参《なまこ》、鮑魚、干貝などはすべて日本の原産であるが、その料理法が普及していないのみか、この事実さえ案外知られていないのではあるまいか。また燕窩は暹羅《シャム》に最も多く産するもので、それは燕が海中のある種の微生物を食べて戻ってくると、ちょうど、酒に酔っぱらったような状態になって唾液《だえき》を流し、それが固まってできるものだとされている。白い寒天をくずにしたような感じのもので、よく見ると、燕の産毛が無数に混じっている。それ自体には味がないので、調理するときは鶏のスープを使わなければならない。燕窩は漢方によると、健脾、潤肺、養顔、一言でいえば強壮剤的効果があるといわれているが、それが南海の僻地に産する、きわめて入手しがたい品物であるために、あんなにも貴重視されたのではないかと思わざるをえない。昨年の十一月だったか、私の家で、燕窩をメニューの二番目に出したことがあるが、当日の客はいずれも口のおごった人たちであったにもかかわらず、とくに話題にのぼるほどのことはなかった。

戦争中、ドイツ軍がモスクワ付近まで攻め込んで行きながら、冬将軍に襲われて敗退した話を聞いて、私の悪友たちはそれになぞらえて戯れに中国を距離将軍と呼んだものである。中国は面積も広いが、国全体が高等動物のようにはできていないから、心臓部にあたる上海《シャンハイ》や南京《ナンキン》を占領されても、他の部分が個々別々に生きている。「皇軍百万」程度では重慶にすら足を踏み入れることができなかったが、かりに重慶を捨てざるを得なかったとしても、「ここまでは昆明《こんめい》」の雲南省をまだ後に控えていたのである。こうした距離の遠さが中国における烹飪《ほうじん》芸術の傾向のひとつと密接な関係があったわけであるが、この距離を人間の力で克服できなかった時代には、西洋でも同じような傾向が見られた。そのひとつがマンゴスチンで、まだ飛行機の発明されなかった時代にはロンドンでこの南洋の珍味を味わうことは不可能だった。無事これを届けたら勲章ものだととりざたされたが、クイン・ヴィクトリアはついにその好運にめぐり合わずじまいだったそうである。

しかし、今日のように地球が狭くなってくると、「山珍海味」ということばがその本来の意味を失ってしまう。バンコクから香港《ホンコン》までわずか数時間で来られるし、現在、鱶のヒレは日本のほかに、アフリカとオーストラリアから送られてくる。人によっては日本産の鮑魚よりも、メキシコ産のほうがよいという者さえある。おかげで私のような貧乏書生までが、あれこれと偉そうなことをいうようになったが、さて、そうなると、高いもの、珍しいものばかりがうまいものでないという考え方がとかく頭をもたげてくる。

前章でもふれたように、中国人のあいだでは昔から「不時不食」といって季節のものでないと食べないという考え方があるが、この考え方は地球上の季節に大革命でも起こらないかぎり、将来も変わらないにちがいない。温室育ちのものを年百年《ねんびやくねん》じゅう食べているよりも、たしかにその時々のものを口にするほうが変化に富んでいてよいが、それにしても「不時不食」の制約を受けない食い物はないだろうか。あるとき、食卓でそんな話題が出たら、友人の一人がたちどころに、

「そりゃ豆腐だよ」

と答えた。なるほど、豆腐なら、夏食べても、冬食べてもうまいし、料理の方法も多種多様である。

伝説によると、豆腐は淮南王劉安によって発明され、中国では三千年の歴史をもっているそうだが、不思議なことに西洋にはないらしい。それでいて西洋人に食べさせると、十人が十人までまずいやな顔はしない。国民革命の元老李石曾は有名な菜食主義者で、いまから四十年ほど前、パリで生活に困り、豆腐を売って糊口《ここう》をしのいだことがあったが、パリッ子のあいだに多数のファンをつくったそうである。

現在、日本で売っている豆腐は日本の水がよいせいか、中国でできるものよりもおいしい。ことに絹漉《きぬごし》豆腐はすばらしい。ただわれわれが子供のころ、蜜をかけて食べ

た柔らかい水豆腐と、逆に芹菜《カンツオイ》（セロリー）といっしょに炒めて食べたりした豆腐《タウフウ》膶《ヨン》、つまりかたい豆腐がないのはちょっと寂しい気がする。

豆腐は中国でも家庭の常食として賞用されているが、いわゆる粗菜に属し、正式宴会には顔を出さないことになっている。

「しかし、君、豆腐は料理の仕方によってはけっして平凡なものではないよ」

と友人に言われて、私も大いに共鳴するところがあった。だから、この次にメニューをつくるときは、脆皮豆腐《ツウイペイタウフウ》か、太史豆腐《タイシイタウフウ》を仲間に加えてやろうと思っている。ただし、そのときは上海人の客はよばないつもりである。なぜならば、上海語で俗に吃豆腐といえば、あたりさわりのない話、考えようによっては心にもないおせじを聞かされることだからだ。

＊きゅう・えいかん（大正13年～）作家。
＊中央公論社刊『食は広州に在り』（昭和50年）収録。

スンバラ味噌

川田順造

西アフリカのサバンナで、喧噪と熱気と、強烈な色とムンムンするにおいを一面にばらまいたような露天市に足をふみいれる人は、あの異臭を放つ、ヤギのふんの団子のようなものを見て、いぶかしく思うにちがいない。十五年前には、私もその一人だった。

地方によっては紡錘《ぼうすい》形のもの、指先でつまんで三角錐の形にしたものもある。これは、西アフリカのサバンナにひろく用いられているディウラ語ではスンバラ、モシ族のことばではカールゴという、味噌《みそ》のようなものだ。味噌になぞらえたのは、マメをやわらかく煮て発酵させる製法の上からも、これを水にといて、主食につけあわせるおつゆの味つけに使うという用法からいっても、私たちの味噌によく似ているからだ。

ただ、味噌とちがってスンバラには塩気がまったくない。もともとこのサバンナでは、塩は、はるかに北のサハラ砂漠から切りだされ、ラクダとロバの背で運ばれてくる岩塩に主にたよっていた。いまでは、南の海岸地方で海水からとる塩や、ヨーロッパから輸入される塩も出まわっているが、それでもサハラの岩塩は、村の市場で必ず売っている。コーラと同様、贈り物としての象徴的な価値もあり、モシ族の王さまは、年ごとの祖先祭のとき、重臣たちに大きな岩塩のかたまりを与える。「サラリー」ということばの原義を思い出させるようなしきたりだ。

だから塩は、ここの生活では貴重品で、サバンナの料理には一般に塩味がとぼしい。野菜や魚の貯蔵法として、干すことや燻製にすること、発酵させることはひろく行なわれているが、塩蔵はまったく知られていない。海の塩や岩塩にめぐまれない世界のほかの地方と同じく、このサバンナでも、かつては湿地に生える灌木の一種を焼き、その灰を調味料に使っていたらしい。

この塩ぬき味噌の原料として最も多く用いられるのが、マメ科のネムリグサ亜科の一種、ディウラ語でネレ、モシ語でドアーガというParkia biglobosaだ。樹高は十メートルから二十メートルくらい。乾季のおわりに、手にかるく握れるくらいの大きさの、赤い毛糸の球のような花が、長い花梗《かこう》の先に総《ふさ》状にさがって咲く。そのあと、二、三十センチの、ササゲの莢《さや》を太く長くのばしたような実がなる。

雨季のはじめ、褐色に熟したこの実を、木にのぼって棒でたたいておとし、すじをとって莢をむく。鮮黄色の乾いた果肉がかたくつまっており、その中にダイズくらいの黒い種子が一列に並んで入っている。

畑仕事もまだ忙しくならないこの時期には、ドアーガの莢むきが、おかみさんや娘たちの大切な仕事だ。種子と果肉は別々にとっておく。果肉には糖分が多く、子供の大好物だ。水を加えて煉り、ペースト状にして指先につけて食べる。おなかがゴムまりのようにふくれた裸の子供たちが、木陰でヒョウタンの鉢をかこみ、指も口のはたも黄色いのりだらけにして、このおやつをしゃぶる――雨季のはじめのサバンナのいたるところに見られる光景だ。この粉は、主食のサガボにも入れる。黄色い色とかるい甘味がつく。季節の「かわりサガボ」だ。

種子は水をたっぷりにし、とろ火で気ながに煮る。やわらかく煮えたら、木の臼《うす》と杵《きね》でかるく搗《つ》いて皮をとる。これをざるに入れて水で洗い、皮をとりのぞく。皮は黒いが中の子葉は白い。草で編んだむしろか、木の葉を敷いた上にうすくひろげ、またむしろか葉でおおって、かげ干しにする。三日たつと発酵して黒くなっている。これを団子などの形にかため、かるく陽に乾してたくわえる。

穀物を煉った主食のサガボにつけるおつゆの実には、すでに述べたように、いろいろな食物や、まれには肉も入れるが、おつゆのベースとして欠かせないのがこのスンバラ味噌だ。夕方、食事の仕度にかかる前に、その日に使う分だけ、小さな木の臼と杵で搗いて粉にする。好みによって、塩やトウガラシなどをまぜて搗く。少し前までは日本でも、毎朝暗いうちに、主婦が味噌をあたったものだが、サバンナでは味噌を搗く杵の音は、夕暮れどきのものだ。

　スンバラ独特のムッとするにおいも、味噌と同じで、馴れるとこのにおいがないとものたりなく思うほど好きになる。ドアーガの実のほか、アオイ科のビトーの種子からもスンバラができる。これはまた一段とにおいが強く、しかしくさや、、、を連想させるこのにおいが、私などは大好きだ。

＊かわだ・じゅんぞう（昭和9年〜）文化人類学者。
＊新潮社刊『サバンナの博物誌』（昭和54年）収録。

カンガルーこそ無類の珍味

檀　一雄

きた。

今年の二月二日には、ポルトガルから、あらまし一年半ぶりに、自分の家に帰って

ところで、手帖を繰ってみると、五年昔の二月四日に、私は羽田を発って、オーストラリアとニュージーランドに向っている。

二月三日が私の誕生日であり、さすがの私も、自分の誕生日だけは、なるべく自分の家にいようとでも思うのか、その奇妙な律義さに、我ながらおかしさが止まらなかった。

シドニーに着いたのは、二月五日の午前十時。日曜のせいかも知れなかったが、シドニーはまるで死んだように静かであった。

ホテルに入ろうとしたら、日本語で話しかけてくる紳士がある。

「東京は、今朝、大雪だそうですよ」

いやはや。シドニーの町角で、外国人から、東京の今朝の空模様を教えられるなどと、驚き入ったが、マックス・ファクターの東京駐在員だそうである。

東京は大雪かも知らないが、オーストラリアの空はまばゆく晴れ渡って、微風のなかに、ハイビスカスの赤や、野牡丹の紫が美しかった。

町の中をぶらついてみたが、公園の台の上にあがって、熱っぽく演説をしている女性があり、ハイド・パークと同じ流儀か、と面白かった。

ただし、聞いている人は、たった二人だ。うっかり寄ってゆけば、サクラ代りにひきとめられそうな危険を感じて、遠廻りに迂回した。

私は、魚屋とか、肉屋とか、野菜屋の様子を見廻りたい一心だが、生憎の日曜日であり、どこの店も閉っていた。

やけくそで、A・M・Pの二十五階の屋上にあがってみたところ、心中や投身自殺で有名だと云うタスマン海の岬が、キラキラと眺め渡される。オペラ・ハウスと、巨大な鉄橋。赤煉瓦一色の住宅街が明るい初秋の陽ざしに、静まっている感じである。

そのA・M・Pの屋上で、バカに初々《ういうい》しい少年少女の恋の姿を垣間見た。

と云うのは、あちらから少年達の一集団がゾロゾロ歩いてくる。こちらから向うに抜ける少女達の一集団とすれ違い、その中の一少年と一少女が、互に、大声で呼び合った。偶然出会った様子で、両方から感きわまってわめき合っていると思ったら、お互に手をさしのばし、その手をからませ合って、相手の全身をたぐり取る感じになり、アッと云うまに、綺麗なキッスになった。頬を赤く染め、うわずり、しどろもどろになり、それでも、全身全霊を傾けての、キッスである。

中学一年生ぐらいの年頃だろうか。それにしても、こんなに美しく燃焼する一瞬の恋を、生涯に一度でも持てたら仕合せだと、私は羨ましかった。

町中を歩く大人どもは、英国流儀にキチンと威儀を正しているけれども、反体制派の若者達でもあるか、半パンツ、半裸、跣足《はだし》で歩いてゆく、青年男女諸君の姿が、到るところに見受けられた。

ホテルで夕食と云うことになった。ただし、キャフテリア式に、自分で、自分の夕食を選び、運ぶ、流儀である。

さて、オーストラリアの味はいかがであるか、などと云う、まぬるい問題は、どこにもない。暇と金があり余っている人だけ、どこかの、料亭だの、一流ホテルの食堂だのに、行くのでもあろう。

いや、どこかにきっと気楽で、おいしく喰べさせるパブや立喰食堂がある筈だが、あわただしい旅行者には、オイソレと見当がつきかねるわけだ。

シドニーからオークランドまでは、ジェットで正味三時間ばかりの飛行であった。

おそらく千歳から、板付までくらいの距離であろう。

カンタスのそのジェットの中で、カンガルーのシッポのスープと云うのを生れてはじめて喰べてみた。飛行機の中で喰べさせるスープだから、おそらく罐詰に違いないが、気永く煮込んで、肉の繊維をほぐしてある。その肉の繊維の舌ざわりと、骨髄のとろけ込んだようなポタージュの味わいが、例えば、ハンブルクの到るところの食堂で喰べさせる牛尾のスープとよく似ている。ただ、牛のシッポより、カンガルーのシッポのスープの方が、心持、酸《す》っぱ味が、勝っているような感じがした。

しかし、決してまずくない。

いや、私は後にブリスベーンに近いゴールド・コーストのバイキング料理屋で、もう一度カンガルーのスープを味わってみたが、ほとんど同一の味に思われた。

綺麗なオスマシを作るのなら、牛のスネ肉がいいが、ドロドロとしたスープや、シチューなら、牛のシッポの部分の方が遥かにおいしい筈だ。

牛の体全体と、そのシッポの比例を考え、カンガルーの体全体と、そのシッポの比例を考えたら、カンガルーのシッポの方が、ずっと偉大であり、ずっと運動量が多い。だったら、カンガルーのシッポのシチューや、スープはおいしいにきまっている、と私は考えたいのである。

と、云うのは、よく屈折する軟骨の部分……、いやその軟骨を包む肉の部分……、乃至は、よく揺れる筋肉の部分が、獣肉では、一番おいしいところだ、と云う妄想を、私は早くから持っている。

例えば、鯨の尾肉がおいしいだろう。例えば、また牛の舌や、牛のシッポがおいしいだろう。だから、カンガルーのシッポがおいしいのは理の当然で、一生に一度は、そのカンガルーのシッポのシチューを、自分で煮込、自分で味わってみたいのだが、忙しい旅先で、カンガルーのシッポの煮込など出来ないのが、無念であった。

牛のシッポの煮込だって、軟かくするのに七、八時間はかかるのである。カンガルーのシッポを煮とろかしているうちに、同行の諸君らは、地球の反対側まで飛び去ってしまっていたと云うことにだって、なりかねない……。

オークランドは人口五十万と云っていたが、バカデカイ町であった。と云うより、一軒一軒の家が、みんな広々とした敷地をとって、ひろがりつくしているように見えた。

そよ風の吹き渡る素晴らしい日和だが、日本の九月の陽気とでも云ったところのように思われた。

紡錘《ぼうすい》状の丘陵が四つ五つ、見られると思ったら、火山だそうである。火山群の真ん中にオークランドの町がはさみ込まれている塩梅《あんばい》で、なるほど、山に登ってみると、どれもこれも、昔の噴火口の痕跡を持っていた。

オークランドで、一番不思議に感じられたのは、深夜、虫一匹鳴かないことだった。勿論、町の真ん中の宿屋なら、虫など啼くわけはないが、私達の泊った宿は、広大な芝生があり、竹藪があり、夥《おびただ》しい花木が植え込まれていると云うのに。虫のすだく声が聞きとれない。

二月と云ったって、ニュージーランドの気候は夏から秋にさしかかる時期である。それなのに、虫の声なく、蛙の声なく、シンと鳴り鎮まって、空々漠々。

エロシェンコじゃないが、

「ニュージーランドは淋しいよ。虫一匹啼かないんだもの。これが、ビルマだったら、虫の声、蛙の声、蛇の声で、周りが埋もれるように感じられるのにさ……」

と云ってみたいくらい。おかげで、とうとう眠りつけず、朝方までウイスキーを飲みつづけたのは、やっぱり、酒の虫が、私の体の中に巣喰っているせいかもわからない。

オークランドで面白かったのは、十字路の交叉地点で、人間が斜めに通行出来ることだ。

歩行の信号が出ると、自動車は一切横断路の手前で止まり、人間が横断出来るのは勿論だけれども、その交叉路の中央を、クロスしながら斜めにつっきって歩くことが出来るのである。

もっとも、これは、日本でも、はじめたとか、はじめるとか、云う話を聞いた。

さて、そのオークランドの町の中を右往左往して、魚屋を覗き廻ってみたら、鯛と、ヒラメと、伊勢エビと、サヨリがあった。鯛もサヨリも、光り輝くほどの鮮度である。

野菜屋の店先を覗いてみたら、玉葱《たまねぎ》、馬鈴薯、レタス、胡瓜《きゅうり》、茄子《なす》、ペアー、山葡萄《ぶどう》、ニンニクまではまだ許せる。根生姜《ねしょうが》が山のように積み上げられているのにはガッカリした。

実は、特攻隊になったつもりで、羽田の空港をくぐり抜け、後生大事に、生姜を一包み密輸したのに、これでは恰好も何もつきはしない。

ヤケクソで、ニュージーランドのその生姜を買い、山葡萄を買い、ドリアンを買ってみたが、山葡萄とドリアンのおいしさは、ズバ抜けていた。生姜の方は、どっちが日本のものか、あとで自分でわからなくなった有様だ。

ニュージーランドの国内線で、オークランドから、カイコーへまで、あらまし一時間だ。

飛行場はタンポポの草っ原の中に、そのタンポポの花を蹴散らしながら着陸したが、あんなに愉快な飛行場と云ったらない。

われわれを出迎えてくれた飛行場の管理人らしいオヤジが、われわれの荷物を飛行機からバスに積み降ろしてくれる。

そのバスに乗り込んでみたら、同じオヤジがバスの運転をはじめたのには、びっくりした。近いところまで送ると云うならわかるが、一時間余りドライブしなくてはならないワイタンギと云う海岸まで、送ってくれたのである。

つまり、このオヤジはエア・ポートの管理人、兼ポーター、兼バスの運転手と云うことになろう。

飛行機の離着陸時に、その世話一切をやってのけている様子に見受けられた。

沿道は、まことにのどかな羊の群だ。その羊の群が、まるで野面《のづら》いっぱいに咲き散らばっている花々に見える。

ワイタンギ・ホテルでは都合三泊したかもわからない。

何が一番珍しい料理かと訊いたら、「トエロア」のスープだと云う話であった。貝のスープだと云うから、一体どんな貝か、一見して……、いや、一食して……みたい、と思って、註文してみたところ、ただの、ポタージュ・スープであった。

その貝の身が、細かにミジン切りにされて、スープの中に浮かんでいるだけで、これでは、どんな貝だか、見当も何もつく筈がない。

おそらく罐詰の具の身を、スープの中にミジン切りにして浮かべただけだろう。

欲求不満も手伝って、カキを半ダース註文してみたところ、このカキの不思議な味わいには、びっくりした。

フランスのブロンとも違う。クレールとも違う。アメリカのオリンピアとも違う。日本のカキとも大違いだ。まあ、いくらか似ていると云ったら、鳥取で喰べた、夏のカキ、……随分と深いところで獲れると云う夏のカキ……。その鳥取の夏のカキと、いくらか共通点のある夏のカキだ。

しかし、遥かに渋い。酸っぱくて、渋い。酸っぱいのはレモンをかけたせいかも知れないが、この不思議な渋味にはびっくりした。

私は同席の福田蘭童さんにも語ったのだが、

「これは驚いたカキですね。しかし、この渋味に馴れてしまったら、もうよそのカキなんか、おかしくって喰べられなくなるかも知れませんよ。これは、大通だけが味わうカキに違いない」

「いや、まったく渋いカキだね。渋ガキだ」

と、蘭童さんも苦笑いすることしきりであった。

カキの話で思い出したから、ついでに書いておけば、そのワイタンギの港から船出して、小さな無人島に一日暮らした楽しさばかり、忘れられるものではない。

同行の諸君らは、私をその無人島においてけぼりにして、そのまま船を漕ぎ出してしまったのだが、その島には、崖のところから、真水がしたたり落ちて流れており、ちょっと岩蔭を廻ると、そこらの潮の中に、いくらでも、カキがへばりついていた。

もっとも、小さいカキだし、養殖のカキではないのだから、その肉はほんのひと舐めだが、潮水に洗った無人島のカキは、絶妙の味わいに思われた。

おまけに、土地で「スナッピー」と呼んでいる真鯛を、五、六尾と、スズキを一尾、「ひとつ、料理しといて下さいよ」

と預けられている。私は難破船の横板の上で、そのスズキや、鯛を大模様に切り裂きながら、あとはウイスキーと、焚火《たきび》である。

あんなに愉快なことと云ったらなかった。鯛に塩をかけて、その焚火の脇で石焼にする。コップのウイスキーを手にしながら、時折、また潮水に降りていって、カキを啜《すす》る。

そのうちに、みんなが帰ってきたから、

「ぼくは、この島に居つきますよ。どうぞ、皆さんだけ、引き揚げて下さい」

と頼んだのだが、衆寡敵せず、とうとう宿に引き戻された。おかげで、私は何十尾という鯛の仕込みまで請け負わされ、その鯛が、私の携帯冷蔵箱の中で、みんな腐って、次のタウポ湖畔の宿屋だったかで悪臭フンプン。桂ゆきさんからシャネルを借り受けて、バスルームに駆け込み、その後仕末と臭い消しをしようと思ったのに、丁度裸になってシャワーにかかろうとしたとたん、どうしたわけか断水になってしまった。

そこで仕方がない。せめて、そのシャネルを全身に塗り込む以外に手はないと思い、とうとうシャネル一瓶、カラにしてしまったことがある。

それでも、腐った鯛はどうやら、ビニールのあき袋の中に完全にくるみ込んだから、その袋を棄てようと思って、福田蘭童さんと二人、ホテルの周囲をぐるぐる探し廻ってみたが、ほどよい汚物棄場がどこにもない。

そこで、湖畔の並木道をしばらく往ったり、来たり、ほどよい植込みがあったから、そこへ、そのビニールの包みをそっとかくして、ホテルの方に後がえろうとしたところ、

「もし、もし。忘れ物……」

お巡りさんが私達のあとから追いついてきて、そのビニール袋を丁寧に、返してくれた。

不愉快な物品が見えないように、少しばかり私が、くるみ過ぎたのである。殊更、そのしばり口を金色の紐で結わえたから、贈答の品物を置き忘れたとでも見えたのだろう。

おかげで、この袋を、タウポ湖から、ロトルア湖まで持ち廻り、ようやく棄てたのは、ワイトモの洞窟入口近い叢の中であった。

世界の七不思議の一つと云うそうだが、ワイトモ洞窟の「土ボタル」の幽光ほど、不思議なものはない。

秋芳洞とか、竜河洞などと同じような、鍾乳洞であり、その洞窟の天井のあたり全体に、きらめく満天の星のような幽光が見える。

実はお尻のあたりから幽光を発するウジ虫が這っていて、その土ボタルが光を放っているわけだ。

こころみに懐中電燈で照らし出してみると、これらのウジ虫は例外なく四、五十センチの白い糸を垂らしている。つまり洞窟の天井全体から、粘着する不思議な糸を垂らしていて、蚊が舞い上がり、この糸にふれると、蜘蛛《くも》の糸のようにくっついてしまうわけだ。

見ているうちに一匹の蚊がからまりつき、土ボタルが、その粘る糸をゆっくりと巻き上げてゆくのが見えた。

云ってみれば、土ボタルが仕掛けた定置網であって、その定置網にかかる蚊を捉えながら、光る土ボタルが棲息しているわけである。

懐中電燈を消せば、満天の星であり、その満天の星の下に流れがあるから、静かに流れの中に舟を浮かべていると、まるで、天国とこの世の境界に漂っているような不思議さだ。

聞えるものは、水のしたたりと、舟が流れの中にゆらぐ水音ばかりである。

洞窟のそとに出て、まぶしい夏の日ざしを仰いでも、周りの喧しい石蟬の啼き声を聞いても、あやしい夢幻の気持はいつまでも心の底に残り、あんなに不思議な発光体など、この地上で想像することも出来なかった。

ニュージーランドは、到るところ温泉が噴き出しているのだが、日本人のような風呂好きはどこにもいないから、せいぜい、温水プールとか、植物栽培とかに利用されている程度だったろう。

多分ロトルアの町であったが、久しぶりにパブにでも入り込んで、土地のサカナをつつき、ビールでも飲もうと云うことになり、なにげなくドヤドヤと入り込んでいってみたところ、桂ゆきさんと、渡辺喜恵子さんは、つまみ出された。

つまみ出されたと云ったら、ゴヘイがあろうが、

「ここは、淑女達の入るところじゃありません」

とマネージャーから丁重に注意され、保護されたわけであった。そこで、彼女達はスゴスゴと引き揚げていったから、私達も同情して、一緒に出た……、と云いたいところだが、事実は反対だ。

「そうさ。パブは男の酒場さ。男なら、黙ってパブで飲む。女などの入ってくるところじゃない……」

と大いに痛快を感じながら飲んだのだが、あの時、正直に白状していたら、きっと、桂さんからシャネル代を三倍ぐらい賠償させられるところだったかもわからない。

あの時の愉快さが忘れられず、日本にも、男だけしか絶対にはいれないと云う焼酎酒場か、ビール園を、是非造って貰いたいものだ。

脱線話はいい加減にやめるとして、シドニーから飛行機に乗り、ブリスベーンに近いクーランガッタの飛行場に近づいた頃だった。

砂漠を過ぎ、森が見えてきたようだから、

「ほら、カンガルーがいっぱい跳んでるよ。ピョンピョン、ピョンピョン……」

桂さんや、渡辺さんをからかっていたところ、飛行機はやがて、滑走路に着地した。が、その滑走路を直進しないで、あやうく、進路を左に曲げるのである。

「どうした？　どうした？」

とみんな騒ぎたったが、

「カンガルー」

よく見ると、一匹（尾？）のカンガルーが、滑走路の中で、腰を抜かして、しゃがみ込んでしまっている。

飛行機はきわどく、そのカンガルーをよけながら滑走を終ったわけである。

いくら粋狂でも、飛行場にカンガルーを飼っているわけではない。野生のカンガルーが飛行場の中に迷い込んできて、滑走路を横ぎりかけ、突進してきた私達の飛行機に脅えて、腰を抜かしてしまった次第である。

飛行機はあやうく、よけたが、まともにカンガルーに車輪が衝突すれば、顚覆と云うことだって、あり得ただろう。

オーストラリアの小飛行場で、カンガルーの歓迎を受けるなどと、まったく愉快を通り越していた。

ノッケにいいことがあると、あとあとまで、その愉快を持ち越すもので、「ゴールド・コースト」などと云う俗な避暑地でも、大いに満足したのだから、カンガルー殿下のお出迎えに、先ず感謝しなければならないだろう。

ゴールド・コーストと云うのは、クーランガッタから北へ二十キロばかり、白砂の砂漠が屈曲しながらつながっているのである。

太陽はまぶしく輝いているし、海はまだまだ汚れていないが、町は俗である。サウナ風呂あり、アトラクション劇場あり、パンパン宿あり、と云ったところだろう。

もっとも、そこのところが、一番の魅力である、と云えば云える。

福田蘭童さんや、小島磯連会長や、岡村夫二画伯など、到着早々、その砂浜で釣っていたが、遠浅だから、ニュージーランドのように、バタバタと真鯛を釣り上げると云うわけにはゆかないらしく、釣れ上がったのは十センチ余りの、イボ鯛であった。

しかし、イボ鯛は、私の大の好物だ。持ち帰って、携帯コンロで、煮付にしたいと思ったのだが、

「海に投げ返しなさい。オーストラリアは十五センチ以下の小魚は、獲ってはいけないきまりになっています」

傍で見ていた紳士に、そう云われた。

そこで、後髪を引かれる思いをしながら、イボ鯛は全部海に返して、町なかの魚屋を探して廻った。

うまい具合に、一軒の魚屋が開いている。

覗き込んでみると、伊勢エビがあり、赤エビがあり、蟹があり、いや、サヨリのすき通るようなのが、沢山あった。

そのエビの値段を訊いてみたら、一キロ四百円ばかりの値段である。そこで、エビを一キロ、蟹を二、三匹買って、ホテルに引き揚げ、四、五尾はナマで喰べ、あとは生姜の匂いを煮ふくませながら、塩うがきにした。

エビのおいしさは、格別であった。

万才。買出しに出た甲斐があったと、大いに気をよくしながら、ウイスキーを飲み、さて、夕食の食堂に顔を出してみたら、またエビであった。

エビのナチュラルで、諸兄らは、

「とてもおいしいよ」

と云ってくれているが、もう、私の喉は通りにくい。そこで、ヤケクソで、海亀のスープを飲んでみたのだが、これは罐詰である。

まったくの話、つき過ぎた。

しかし、その夜は素晴らしい月であったから、桂ゆきさんと、渡辺喜恵子さんを誘って、月光の砂浜を歩いていった。

昼のような明るい月夜である。波が、静かに寄せては返す。南十字星は、斜めに十字の模様を描いており、私はなんとなく感傷的になって、二人の淑女をほったらかしにしながら、砂浜をどんどんと先に歩いていった。

すると、向うから、二人の少女がやってきた。

跣足である。跣足の少女が私とすれ違いざま、

「今晩は……」

と云った。勿論、私も、

「今晩は……」

と挨拶を返す。すると、一人の少女が寄ってきて、

「ね、どこのホテルに泊っているの?」

さて、困った。遥か後方だが、私は二人の日本女性と連れ立っている。このまま、ドロンをきめこんだなら、それでなくても、信用の薄い私だ。両女史から現行犯で、

逮捕訊問され、人民裁判にかけられない方が不思議だろう。

そこで、うしろを振り返り、月光の中に大声をあげて、

「助けてくれ！　桂さん。英語がわからないんでーす」

私に話しかけてきた少女達は、急に鼻白んでしまった塩梅で、サッサと、砂丘の方に歩み去ってしまった。

これで、人民裁判にかけられずにすむ……、男の面目をとりとめた……、と私は両女史の傍に後がえっていったところ、

「あら、どうしたの？　私達、折角、消えてあげようと思っていたところなのに、こっちへ後がえって、いらっしゃるなんて……」

両女史から、かえって、叱りとばされたのは、我ながら情なかった。

宿に帰っても、なかなか、眠りつけず、そこで、また迷い出して、アトラクションを覗きにいってみたり、バーに入り込んでみたりしたが、月光の中の跣足の少女のウナジやクルブシの白さが、ぽーっと眼の中に浮かび上がってくるばかりで、まったくうつつ心地がなくなった。

部屋に帰って、手持のウイスキーをあおりながら、コッフェルの中のエビを取り出してみても、なんの為に、エビ一キロ、蟹三匹などを買い出して、ゆで上げたのか、腹立たしいばかりである。

福田蘭童さんも、どこに消えてしまったのか、チラとも姿を見せず、とうとう、明方近くまで、一人で飲むばかりになった。

おかげで、昼近くまで寝過ごしたから、同行の諸先生はもう誰一人見当らない。

仕方がないから、ホテルのプールで泳いでみたものの、オーストラリアまでやってきて、プールの水に浮かんだり、沈んだりしているだけと云うのは、いくら何でも腑甲斐なさ過ぎるだろう。

よし、昨夜の少女の幻でも見ながら、昨日の浜辺で泳いでやれ、とそう思って、プールから上がり、乾いた水着に着換え直して、海の方へ歩きはじめたら、パラパラと雨が降ってきた。

ついてない時は、ついてないものだ、とフッと見ると、パブが一軒あいていた。

急いで入り込み、ビールを二、三本飲んでいるうちに、篠つく大雨になってきた。

稲妻と雷鳴が呼応し合うのである。

そのパブは、大きなガラス張りになっていて、海に泳いでいた男女達が逃げまどう姿が、まるで手に取るようによく見える。

手と手をつなぎ合って、駆け込んでくる男女。

脅え、耳をふさぎながら、こちらの軒先に走り込んでくるビキニスタイルの美女達。

パブの表通りは、それらの避難する水着姿の男女達で、ごったがえし、どのようなアトラクション、また、どのようなストリップ・テーズよりも、なまめかしく、精彩を帯びて眺め渡された。

その雨にうたれる水着姿の男女群は、写真機さえ持っていたら、驚くほどの、千変万化の肢体を記録することが出来たろう。

しかし、私はそんな写真など写してみたい気持は毛頭ない。ただ、海の前面に、逃げまどう、はかない人体の律動を見守りながら、ビールを、つぎつぎに、飲み乾しているだけだ。

*だん・かずお（明治45年～昭和51年）作家。
*日本交通公社刊『美味放浪記』（昭和48年）収録。

Ⅳ

腸が世界を支配する

お弁当のいろ〳〵

小島政二郎

私は旅をする時は必ずお弁当を持って行く。汽車の食堂の御厄介になりたくないからだ。

そう云っては悪いが、汽車の食堂はまずくって高い。それに、乏しい水で食器をどの程度清潔に洗っているか分らない不安もあってのことだ。

と云って、私は別に贅沢《ぜいたく》なお弁当を持って行く訳ではない。正直に云って、私はお弁当のうちでは、お握りが一番うまい。

梅干のタネを出して、肉だけをお握りの中へ入れて三角に握ったお弁当。これが一番うまい。人によっては、上から海苔《のり》を巻く人があるが、私は嫌いだ。時間が立つにつれて、海苔が濡れしょびれて歯切れが悪く、海苔の風味は全くなくなり、海苔のまずさばかりが残るからだ。第一、竹の皮包みを開いた時、針のように光った白米の美しさが目を喜ばせてくれないからでもある。

贅沢をいえば、肥後の菊池米を握ったオムスビのうまさと言ったら、無類であろう。それに、米の飯は、冷えた程うまい。海苔が巻いてあると、冷えが遅く、歯当りが生《なま》温《ぬる》い。その点でも私は剥《む》き出しの方が好きだ。

それに、沢庵《たくあん》のうまいのを厚く切ったのを二タ切れか三切れ添えてあれば、私には最上のお弁当だ。ついこの間、近江の琵琶湖の西岸を若狭《わかさ》の国へ山越えした。その時、——話は飛ぶが、奈良の二月堂で毎年旧の二月の寒い夜中に、お水取りの行事をする。二月堂の下に、若狭《わかさ》の井《い》という井戸がある。その井戸には、不断は水がないが、その夜に限って満々と湛《たゝ》えられる。それは若狭の遠敷明神《おにゅうみょうじん》が、はる〴〵遠敷の川の水を送ってよこすからだと云い伝えられている。その川の縁を私は通り掛かった。

「それ、そこから遠敷明神が二月堂の若狭の井へ水を送るのですよ」

そう云われて見ると、余り大きな川でもなく、水の量も大してないのに、不思議にそこだけ渦を巻いて、深々とした色を湛えていた。河鹿《かじか》が鳴いていた。

私は青い草の上に腰をおろして、京都から用意して来たお握りのお弁当を開いて食べた。河鹿を聞きながら食べたお弁当のうまかったこと。私は一生その味を忘れないであろう。

今は絶えてなくなったが、大地震までは、東京に弁当屋という商売があった。忘れられないのは、「香弁《こうべん》」と「ネコ弁《べん》」だ。

ちょいと聞いただけでは分るまい。香弁というのは、御飯にいろ〳〵さま〴〵なお香《こう》々だけはいっているお弁当だ。外のおかずは何にもはいっていない。全部お香々ばかり。

その代り、季節の野菜が、糠漬《ぬかづ》けにしてあるのもあるし、塩漬けにしたのもあるといった工合《ぐあい》で、まるで秋の花野を見るように綺麗だった。

洒落《しやれ》た人が、瓢簞《ひようたん》にお酒を入れて、それを腰にさげて、このお弁当を持って、向島の百花園とか萩寺《はぎでら》とかいうようなところへ行って、花を見ながらお香々を酒のサカナにして楽しんだものだそうだ。

ネコ弁というのは、なお分るまい。ネコの好きな鰹節《かつぶし》のいゝところを、瀬戸物の欠《か》けらで薄くかいて、それを冷えた御飯の上へ振りまくのだ。その上から、上等の醬油《しようゆ》をパラリ〱と振り掛け、スミのところに、ワサビのおろしたのをフンダンに入れてある。食べる時、少しずつこのワサビを御飯とオカカにまぜて食べるのだ。いゝオカカの匂と、ワサビの香りと、御飯の匂とが混《ま》ざって、何とも云えない芳香を放つ。

同じような素朴な関東流のお弁当に、「おこわ」のお弁当がある。焼き豆腐、刻《きざ》みズルメ、小芋の煮たの、コンニャクの煮たの、そんなものがおかずにはいっている。

芭蕉はコンニャクを素煮《すに》にして、それを薄く切って、辛子醬油《からしじようゆ》を付けて食べるのを刺身と云って大層喜んだ。そういう意味で、このお弁当は俳諧的だと云って云えないこともない。

私は汽車がステーションに留まるたびに、プラットフォームへおりて、その土地土地のお弁当を買うのを楽しみの一つにしていた。

それこそ多種多様で楽しい。

普通の汽車弁当は、どこへ行っても大して変化がなく、地方色が薄くって興味がない。

それよりも、蕎麦《そば》の名産地の蕎麦弁当、同じ蕎麦でも、汽車の留まっている僅かな時間を利用して、フー〳〵吹きながらプラットフォームに立って食べる冬の夜の風情《ふぜい》などと云うものは、忘れられない。うまいまずいと云う点から云えば、問題ではないが、体が暖まって仄《ほの》かな人情に触れたような気がするものだ。殊に、売り子が若い女の人の場合は、ひとしおそんな後味が残る。

鯛《たい》飯弁当も、ちょいとうまい。値から云って、使ってあるサカナが鯛でないことは云うまでもあるまい。

しかし、鯛寿司《ずし》の方は本物の鯛だ。今庄《いまじょう》、敦賀《つるが》の駅で売っている鯛寿司はうまい。

季節によっては、敦賀では鱚《きす》の寿司も売っている。

鳥弁当。これもまずくない。

ウナギ弁当。これはどこのも大抵まずい。

海苔巻寿司。

信太《しのだ》寿司も、嫌いではない。

海苔巻と信太寿司とは、大変庶民的なもので、この二つの寿司を嫌いな女性は殆んど一人もいないだろう。両方とも手製が一番うまい。

北鎌倉の駅前に「光泉」という家がある。ここの信太寿司はうまい。戦争前まで千住で鈴木屋という信太寿司をやっていた人だ。その頃千住の鈴木屋といえば、下町の人なら誰知らぬものもないくらい有名な家だった。

日本の女性に向って、

「あなたは何がお好きですか」

と聞いてごらんなさい。殆んど一人の例外なしに、

「お寿司——」

と云うだろう。私の家内などは、風邪を引くと、極ってお寿司を食べたがる。お寿

司を食べると、不思議に風邪が直ると信じてい、また事実、大抵の風邪なら、ケロ〳〵と直ってしまう。

私の仲のいゝ友達の細君は、嫉妬の心が動くと、生理的にお寿司が食べたくなると云っている。この細君も、お寿司を食べると、嫉妬の虫が納まるのだそうだ。だから、日本には寿司の種類が実に多い。しかし、ここではお弁当になるお寿司に限って云うならば、雀《すゞめ》寿司。これは大阪の「すし万」のがうまい。

大阪寿司。これは味付けが甘くって、お菓子のようで私は余り好かない。但《ただ》し、神戸の青辰《あおたつ》のは珍らしく甘くなく、ここのなら私も喜んで食べる。

若狭《わかさ》の小浜《おばま》で取れた鯖、鯖は、水から上げると、取り扱いが悪いとすぐ腐ると云われている。それを一ト塩にして、昔は、「御用札《ごようふだ》」を立てて、馬の背を借りて山越しをして近江の今津へ出る、そこからは舟で、琵琶湖を京都へ急いだ。京都へ着く頃に、丁度塩が馴れていゝ味になったものだそうだ。

だから、京都で食べる塩鯖とか、一ト塩の鰈《かれい》とかがうまいのだと云われている。その鯖寿司。戦争前麻布にあった「しづや」の鯖寿司は天下一品だった。

富山《とやま》の鮎《あゆ》寿司に鱒《ます》寿司。

これは二つながら、天下の珍味であろう。鱒寿司はやゝ重く、鮎寿司はやゝ軽い。どちらの味も季節感があって、二つながら捨て難い。

風流なのは、京都の辻留で作ってくれる銀杏飯《ぎんなんめし》だろう。

京都からの帰り、私はハトに乗るが、銀杏の実の落ちる頃は、極ってこの弁当を作ってもらう。

ウッすらとした塩味の御飯の中に、真青な銀杏がただ炊《た》き込んであるだけのものだが、それに奈良漬《ならづけ》が三切れほど添えてあるのもいい取り合せだ。何《なん》のおかずもいりはしない。それだけで十分だ。幾ら食べても、飽きない。こんなうまいお弁当を私は食べたことがない。

二度目の時には、一ト折りでは堪能《たんのう》出来ず、二タ折り頼んだ。

「どなたかお連れはんがいやはりまッか」

そう云って、辻留が小指を出して見せた。

それから大徳寺弁当。これも京都でなければ作り出せない風流のものだ。

大徳寺は、禅宗の大本山。葷酒《くんしゆ》山門に入るを許さず、そこの坊さんは生臭《なまぐさ》を一切口にしない。従って、大徳寺納豆《なつとう》とか、大徳寺麩《ぶ》とか、大徳寺という名の付いた精《しよう》進《じん》料理のタネの幾つかを生んだ歴史を持っている。いや、大徳寺のお坊さんがこしらえて御馳走してくれる精進料理は、殊にうまいそうだ。その名を取ってお弁当の名にしたくらいだから、大徳寺弁当のおかずは、すべてお精進だ。麸、湯葉《ゆば》、高野《こうや》豆腐、それに青いもの、あとは香の物ッきり。これがうまい。

＊こじま・まさじろう（明治27年〜平成6年）作家。
＊KKロングセラーズ刊『味見手帖』（昭和52年）収録。

献立表

團伊玖磨

何処か知らない遠くの方で、人間一人一人の運命を決める骰子《さいころ》が振られていて、その賽の目が「旅」と出れば、その人は旅に出ることとなり、「金」と出れば、その人に金運が訪れ、「恋」とか、「幸」とか、「苦」とか、その出た賽の目によって人間が操《あやつ》られているのでは無いか、などと妙な事をふと考えることがある。こんな事を考えることは、少しも良い事では無いし、又、無意味な事だ位は重々承知の上なのだが、何と無く旅に出る用件が続いたり、不幸が重なったりすると、運命の骰子の目を思う時があって、その意味に於いて、この六月は、僕の賽の目が「食」と出ていたのでは無いかと思う。つまり、この六月は、素晴らしい御馳走を戴く機会があって、その機会が、二度迄も僕に訪れたのである。これは、貧乏な作曲家にとっては、誠に印象深い事なのであった。

先ず、六月一日、僕は、第二十二回日本芸術院賞受賞者として、天皇陛下の御招きを受け、宮中で御陪食の栄に浴した。その日は小雨に煙る一日だった。僕は、モーニングに威容を整え、坂下門から、静々と大内山に参内した。

天皇陛下は、皇太子殿下、三笠宮殿下を伴って出御され、我々受賞者は午餐《ごさん》を賜った。洋風の午餐であった。
ふと見ると、一人一人の前に、菊の御紋章入りの立派な献立表が配られていて、それには、

昭和四十一年六月一日　午餐

——○——

清羮
鱒洋酒蒸
牛肉煮込
温菓
後段

と印刷してある。先ず、僕は、献立表の順に従って配膳された清羮——コンソメ・スープを一匙《さじ》戴いて、その美味《おい》しさに頬が落ちそうになった。僕は、生まれてこの方、こんな美味しいコンソメを味わったことは無い。こういう光栄の席なので、心

理的な作用で何でも美味しく思えるのでは無いかと、色々な心理になって味わってみたのだが、矢張り、僕が今までに味わった、世界各国の、そして、日本中の、あらゆるコンソメの中での白眉であった。昔から、俗説に、宮中の方々は、長い廊下を運ばれて来た関係で、どれもこれも冷たくなった御料理を召し上がらねばならず、誠に御気の毒である、ということを聞いていたが、そんな事は全く無く、実に、目前のコンソメ・スープからは、香りの良い湯気が立ち昇り、温度も完全であった。僕は大いに安心して、巷説が嘘で良かった、良かった、と思い、宮中の方々の御健康のために、心からスープの熱さを御喜びした。

白葡萄酒とともに戴いた、次の、鱒《ます》の洋酒蒸しが又素晴らしかった。大きな銀器の上に横たわった、二尺以上もあろうと思われる蒸し鱒の身を皿に移しながら、ずっと前に、ロンドンのクラリジス・ホテルの最も贅沢なディナーに招待された時に、同じ御料理を戴いたことを思い出した。味は、無論、クラリジス・ホテルのものよりも良かった。

牛肉の煮込みは、肉は無論良かったが、殊更にグレーヴィー・ソースが上等であった。こういう凝った味は、レストランでは、殊にこの節の日本のレストランでは出せないものだ、とつくづく思いながら戴いた。煮込みの際は、シャトーブリアンの赤葡萄酒が注がれ、その香りが、柔らかい牛肉とよくマッチした。
温菓というのは何かと思って楽しみにしていたら、温《あたたか》くふわふわした美味しいスフレ、後段とは、デザートのことで、フルーツと珈琲であった。
珈琲の際は別室に移り、受賞者は、一人一人、自分の専門の話を陛下に申し上げた。僕は、何故に作曲に志し、何故に一所懸命作曲をしているかに就いて御話を申し上げて、乾門《いぬいもん》から退出した。

それから二週間程して、僕は宮崎の旅に出た。三年程前に宮崎県の都井岬に旅して、その雄大な自然の景観に打たれて以来、「都井岬の歌」を作ろうと考え続けていて、この程その歌が出来上がったので、バリトンの栗林義信君と同道して、宮崎市でのその初演を行なったのである。演奏会が済んで翌日、主催者であった宮崎交通会長の岩切章太郎さんに日向《ひゅうが》料理の御招宴を受けた。これが又素晴らしいものであった。

前菜　　葉付新芋

三色揚げ
伊賀雲丹焼
枝付豆
大和芋
吸物　鯛目の潮仕立
独活《うど》、木の芽
刺身　老功鮒姿盛り
浮草、付野菜
台の物　伊込み南瓜
五三竹、加茂茄子
変り鉢　伊勢海老磯焼
牛網貝、汐吹蛤
追肴　鮑苞焼《はやつとやき》
椎茸原木焼
止　生椎茸飯

水菓子　メロン
　水蜜桃
香の物　柚子、千枚漬
　白菜、胡瓜一夜漬

日向民謡を聞きながら、これらの御馳走をもりもりと食べていると、日向中の野菜と魚を胃袋に納めているような、気宇壮大な心地になり、高千穂の嶺の下でこんな美味しい御馳走を食べているのも、僕の運命の賽の目が「食」と出ているからなのだろう、などと考えた。

同席の誰かが、ここは天孫降臨の地ですから、神武天皇もこんなものを召し上がっていたのでしょうな、と笑いながら言った。僕はそれを聞きながら、途端に、この間の宮中での御賜餐の美味しかったことを思い出して、神代から現代に到る日本の料理は、誠に美味しいもので、良い国に生まれて幸福だと思った。

＊だん・いくま（大正13年～平成13年）作曲家。

＊朝日新聞社刊『続・パイプのけむり』（昭和42年）収録。

慶祝慶賀大飯店

吉行淳之介

ある中国料理店についての雑談をしようとおもう。このタイトルはその店の名のつもりだが、もちろん仮名だし、場所も書かない。旨くて安い店だが、難をいえば店内のたたずまいがやや荒々しくて、気力体力充実しているときでないと、具合が悪い。壁など脂染みているが、これはべつに不都合なことではなく、こういう店に旨いところが多い。

一昔前にはよく出かけていたが、何の理由もなしに数年のあいだの空白ができ、ふたたび五年前から行きはじめた。以下は、三、四年前の話である。

示し合わせたわけではないのに、四人ほどつぎつぎと私の部屋に人が集まった。主として仕事のことで、お互いに知らない同士もいる。こういうときには、なるべく気の張らない店に食事にでも行こう、とその店のことが頭に甦り出かけてみた。

隅の安もののテーブルに陣取って、飲みかつ食べはじめたのだが、気が張らないのを通り越していた。丁寧過ぎるのも落着かないが、二人いる女店員が揃って怖ろしいくらい無愛想なのである。ビールなど、三、四本束にして持ってきて、テーブルにどさりと置き、怒ったような顔をして戻ってゆくが、べつに不機嫌なわけではなく、生地をそのまま出している感じである。

この店は日本人の舌に合わせて味つけしていないのが特徴で、そこがいいのだが、メニューの見方がむつかしい。

ゆっくり眺めていると、傍に立っているその女店員が、催促する。

「おじさん、なに食べるの、はやくきめなさいよ」

メニューはむしろ丹念に調べるものだが、そんなことを解説しても仕方がない。とりあえず前菜を註文しておいて、また調べる。

料理は旨いので、しだいに凝ったものを註文しはじめた。

「豚の足と腎臓料理と、どっちが旨いかね」

「そんなこと、好き好きよ」

と、女が言う。

まことに正論で、私は降参しかかったが、

「きみだったら、どっちを食べる」

と、言ってみると、今度は素直に答えた。

「そうね、豚の足ね」

「それをくれ」

そういう成行きで、四時間ほど食べつづけた。ビールはすぐに切り上げて、老酒にした。神戸か埼玉あたりでつくっている安い老酒である。

銚子が空になると、端に座っている男が黙って指を二本出す。老酒が二本運ばれてくる。それが十回繰返されたとき、女が言った。

「あんたたち、まだ飲むの」

結局、料理を十一皿に老酒二十本で、二万円余りの勘定だったから、安いといっていいだろう。繰返すが、三、四年前の話である。

以来、三、四回行っているうちに、女たちもしだいに情が移ってきたらしい。ある日、三人で出かけて、鱶《ふか》の鰭《ひれ》の料理を註文した。その女は真面目な顔で、やや声を低くして、

「それ、食べるの、高いのよ、三千円もするのよ」

「三千円か、いいや、あきらめた」

「やめるのね」

「いや、高いことをあきらめて、食べるんだ」

女は一層声をひそめて、

「でも、あんた、あまりおいしくないのよ」

私は、彼女の顔を立てて註文を取消した。

二年ほど前、一人でその店へ行き、入口を背にしてテーブルに座り、焼そばを頼んで待っていた。間もなく、超ミニスカートの薄い布地の洋服を着た若い女が、少し離れた斜め前の席にこちらを向いて座った。数日前、駅の近くの陸橋の上を颯爽と歩いていたミニの女のことを、私は思い浮べた。その女も薄い布地の洋服で、きれいな脚の美人といえたが、どこかうらぶれて見えた。それは生活の疲れなどからくるものではなく、流行はずれのそのミニスカート姿によるとおもえた。そんなものかな、とそのとき考えたのだが、近くに同じ服装の女が座ったわけである。

ところがその女は、その服装がよく似合っている。胸と腰が張って胴がくびれている美人だが、先日の女もそういうスタイルだった。猫に似ている、とおもって眺めていると、突然女が立上って、

「ワンワンワン」

と叫びながら、戸口へ向って走った。

そう書くと読者は驚くだろうし、私もギョッとしたが、じつはそれは一瞬のことで

あった。

なぜなら、その「ワン」という発音に、「ワゥン」というような微妙なアクセントがあることがすぐに分ったからだ。つまり、ドアに向って座っていたその女が、道を歩いている王（？）さんを見付けて、いそいでドアへ向って走り出したわけである。あるいは、待ち合わせの約束ができていて、その王さんが店を探していて通り過ぎかけたのかもしれない。

間もなく、その女性はワン青年を伴って、席に戻ってきた。二人とも日本人でないことは確かで、おそらく中国人であろう。それによって、ミニスカート姿がうらぶれていない理由が、なんとなく納得できた気分になった。精しく説明しろ、と言われても困る。なんとなく、である。

もともとこの店は、日本人向けの味でないことから、東南アジアの留学生などの客が多い。レジスターのうしろの壁に模様のような文字を書いた貼紙がある。「日曜ハ休業シマス」という文字だろう、と聞いてみると、その通りだった。

無愛想だった二人の女はいつの間にか勤めをやめてしまったが、その店とは馴染みになって、ときどき出かけてゆく。

最近、少女が一人勤めはじめて、これがまたひどく無愛想で荒々しい。焼そばの皿など、テーブルの上に投げ出すようにして、置く。観察していると、どのテーブルでもそうなので、悪気はないらしい。そういう立居振舞が当り前と考えているようだ。また、手なずけなくてはなるまい。

＊よしゆき・じゅんのすけ（大正13年〜平成6年）作家。
＊講談社刊『街角の煙草屋までの旅』（昭和54年）収録。

梅干

水上勉

梅の季節がきた。つまり保存用の梅干を漬ける月でもあり、青梅をかりかり漬けにしたり、ふくめ煮したりする月である。ぼくは梅干が大好きだし、漬けるのも毎年のことで、軽井沢には、早や四年この方、地方産別に漬けた壺が五つ六つある。いずれもぼくが少年時代の和尚さまのやり方をまねて漬けたもので、なかなか味がいい。毎年この月は京都から月ヶ瀬梅を、湯河原から小田原梅を軽井沢では松井田梅を、送ってもらったり、買ったりして楽しむのである。

相国寺の瑞春院は梅庭といえるほど品種もそろっていた。いまも時々山内を歩いていて、塀内から道へこぼれるように果《み》が稔《みの》っているのを見ることがある。師松庵和尚は、毎年果を収穫して漬けた。小僧のぼくも手伝った。畑にはそれのための紫蘇《しそ》もつくられていて、あの赤紫の葉を、よく洗ってから塩でもんだものだ。黒紫色の汁が出て、指先を染めるその色は、何日もそのままあって、学校へ行って友人にひやかされた記憶がある。つまり、ぼくは十歳ごろから、六月の梅の収穫期がくると、梅干つくりに精出したのだ。

子供のころに習ったことは、ちょうど、般若心経《はんにゃしんぎょう》や観音経が、頭の中に入りこんでいて、還俗《げんぞく》した今日でも、もう五十年近く経っているにかかわらず、枯れすすきをうたうようにとび出てくるのと同じで、梅干漬けも、堂に入ったといえば、自慢げにきこえるけれど、松庵和尚流の漬け方でやってのける。

和尚はいったものだ、梅は梅雨の雨を浴びたものでないといけない。これにはどう利点があるのかわからないが、京都あたりのは、梅雨がこないと、いくぶん黄味がかった漬けごろにならぬせいかとも思われる。先ず収穫したのをよく洗い、ひと晩水につけておいた。これはアクをぬくためと、タネばなれをよくするためだと教わった。水につけているうちにも、黄味はこくなってくる。水切りしたのち、フキンでよく一つ一つふいて、梅の量によってことなるが、だいたい梅の量の二〇パーセントぐらいだろうか、手かげんなので、正確な量はいえぬが、漬け瓶に塩をつまんで梅と交互に入れる。フタをしっかりしておく。四、五日放っておくと、水があがってくる。これは寺では白梅酢といった。まだ、そのころは、赤紫蘇が生育していないので、畑の様子を待ちつつ、瓶のはそのままにしておくのである。三、四週間はかかったかもしれない。

七月はじめに赤紫蘇は大きくなる。葉を摘みとって、よく洗い、塩でもむ。最初のアク汁は捨てる。二回目からは、梅酢を少しずつとりだしてまぜてもむ。と、紫蘇のシソジンが出て、真っ赤な液ができる。これがいわゆる赤梅酢だ。松庵和尚は、この赤い汁をべつの一升瓶に入れておいて、夏の飲料に、砂糖と氷水をまぜて客に呑ませたが、小僧のぼくにはくれなかった。さて、もみこんだ葉を、梅の上に広げて、梅酢はもどして、フタをまたつよくしめて、土用まで漬けておく。

土用がきたら、晴れた日をえらんで、ザルに果だけとり出して、干す。この場合、一つ一つかさならないようにしたものだ。夜も出しっぱなしにしておく。

「梅は夜つゆが好きなんや」

と和尚はいった。夜つゆがあたると、やわらかくなるというのだった。去年のことだが、和尚のいったとおり外へ出しておいたら、夜なかに雨がきてぬれた。塩気はながれてしまっているから、すぐカビがくる、それで、一粒ずつまた梅酢で洗って干しなおした。

干しているうちに、梅はしわばみ、日に焼けた。それを、またもとの瓶に、梅と葉を交互に入れて、赤い梅酢を加えて、フタをしっかりしておくのである。まあ、こんな具合である。誰もがやる方法だと思うが、和尚のやり方は、どこか乱暴のようでもあったが、いい梅だったせいか、おいしかった。したがって、ぼくのつくったものも、半年後くらいから喰べはじめるけれど、客は舌つづみを打って、木村光一夫人などは、うちへくると、「梅干ッ」という。それが目的でくるのである。

松庵和尚は茶色いカメにつけていた。そのカメは、和紙に年度と日附を書かれて、土蔵にしまわれた。土蔵には、五十個ぐらいカメがならんでいた。古いのの順番に喰べるのである。禅宗は梅干を欠かさない、一種の飢饉食でもあるし、薬用にもなるので、貴重なものとして、仏具の納まっている土蔵の、階段下にこれを貯えたのである。

かりかり漬けというのは、信州の人にならったもので、青梅の砂糖漬けと思ってもらえばいい、甘露漬けともよばれている。まだぱりっとした青いのをえらんで、やはり、四、五時間、アクぬきに水へつけ、板の上において、塩をふりかけながら木ぶたで押えながらころがすと、タネはとび出てしまう。それをよく水切りして、ぼくは氷砂糖を梅と同量ぐらい瓶に入れてフタをしておくのだ。砂糖がとけて液汁になる。これを煮る。うきあがった泡をとりはらって、汁をあついうちに梅にかけて、さましてから涼しい所に貯蔵する。これをくりかえすといいのだそうだが、一どぐらいの時に、売れてしまって、殆どなくなってしまう。ウィスキーのつまみ、日本酒のサカナ、お茶うけの菓子がわり。チョコに二つぐらい入れ、ツマ楊子をつけて出すと、客はかならず、お代りをいう。

こんな梅干つくりにも、じつは、ぼくの脳裡をはなれないことがいくつかある。それは、大切にしている「大正十三年の梅干」のことである。これは、雑誌にも書いたので、それと重複して気がひけるのだが、どうしても書いておきたいのだ。

ぼくは先年、といっても二年ほど前だが、テレビ局からご対面の時間をめぐまれて、誰でもいいから会いたい人に会わせてやる、という番組に出た。ひそかに、松庵和尚のだいこくさん山盛多津子さんとそのお嬢さんの良子さんに会いたかったからである。

松庵和尚は七十二歳で物故されていた。いまから十八年ほど前になる。禅宗寺では、とくに本山塔頭《たっちゅう》の寺などは、和尚が先に亡くなると、残されただいこくさんと、娘さんは気の毒な目にあう。養子縁組みでもできて、すでに新命和尚がきまっておればいいが、そうでない場合は、母娘は追放されてしまう。若いべつの細君もちの和尚が晋山《しんざん》してくるからである。在家などだと、こういうことはないが、禅寺の場合は冷酷で、和尚の死後、路頭に迷う母子はいくらもある。和尚もそれ故に、在世中に、母娘の将来のために、何かと気を病むわけだが、瑞春院の場合、良子さんに縁がなくて、雲水との結婚話もないままに、松庵和尚は急逝した。本山から、すぐに追放の命があった。まだ四十九日もこぬうちに母娘は、長年月、苦労をともにした寺を出ていったのだが、この時、多津子さんは、和尚の形見分けがほしくて、土蔵へ入った際、五十いくつもある梅干の壺を見つけて、大正十三年の日附のある一個を抱いて去った。大正十三年は、多津子さんが嫁入りした年であった。ぼくはまだ五歳だから若狭にいた。瑞春院に入ったのは昭和三年。御大典の年だった。その翌々年に赤ちゃんが生れた。良子さんである。ぼくは、この赤ちゃんのおむつ洗いや、お守りにあけくれて、そのつらさに泣いた。四年目に脱走したまま、長く、この母娘に会わなかったのだ。和尚の死後、母娘が大津の晴嵐町に住んでいることがわかって、一ど訪ねたことがあったが、それからまた何年か経って訪れたが、引っ越しておられて、行先はわからなくなった。ぼくがテレビ局に依頼したのは、その探索もかねていた。

テレビ局の人は見つけてくれた。母娘は晴嵐町を出て、三井寺下の湖西線よこの住宅地に新居を建ててくらしていた。ところが、一年前に、多津子さんは七十五歳で逝去。残された良子さんが茶の師匠をして孤独にひとり暮しでおられる、という返事だった。だが良子さんから、ぜひ会いたいから、東京のスタジオへゆくとの返事も局の人はもってきた。ぼくは、まだ赤ん坊だった良子さんが、四十五歳になっていることを憶い、複雑な思いで、軽井沢を下りて、スタジオへ入った。

ぼくと良子さんは、四十五年ぶりに会って話をした。お互いに生きてこれたことを喜びあった。わずか十五分ぐらいの番組で、いっぱい話したいことがあったが、あとはスポンサーに時間をとられて、結局、ぼくたちが本当の話をしたのは、局の応接間でだった。良子さんは、タッパウェアーの弁当箱大の容器に梅干を入れてきていた。それをぼくにさし出し、

「大正十三年の梅干です。母が父と一しょに漬けたものをもってきました。父は梅干が好きで、よく庭のをとって漬けていましたが、これは、母が嫁にきた年に漬けたものだそうです。母は、もし勉さんに会う機会があったら、これを裾分けしてあげなさい、といって死にました」

といって涙ぐんだ。ぼくは、声を呑んでそれを頂戴した。さっそく、軽井沢へもち帰り、深夜に、その一粒をとりだして、口に入れた。舌にころげたその梅干は、最初の舌ざわりは塩のふいた辛いものだったが、やがて、舌の上で、ぼく自身がにじみ出すつばによって、丸くふくらみ、あとは甘露のような甘さとなった。ぼくは、はじめはにがく、辛くて、あとで甘くなるこんな古い梅干にめぐりあったことがうれしく、

五十三年も生きていた梅干に、泣いた。

　ぼくは、このことをある新聞のコラムにかいた。そうしたら、若い読者から電話があって、梅干が五十三年も生きるものか。くさってしまうだろう。いいかげんなことをいうものじゃないと、その人はいうのだった。ぼくは、その青年に、五十三年経った梅干のすがたを説明し、その味をくわしく語ったが、青年はふふふんとわらい、

「作家は、フィクションがうまい」

　といって切った。ぼくは、腹がたったので、また、この青年とのやりとりをコラムに書いた。そうしたら小田原に在住の尾崎一雄先生が、これを読まれて、次のような文章を「オール讀物」の随筆欄に寄せられた。

「水上氏は『再び梅干について』で説明を繰返し、末尾で『電話の主へ言ひ忘れたからつけ足しておく。都会に出廻る量産のニセ梅干の話ではない。真物の梅と塩だけで漬けた梅干の話だと。』かう強く言つてゐる。

　さて、私のところには、嘉永三年（西紀一八五〇年）作と、明治四十一年（一九〇八年）作の梅干がある。前者は尾崎士郎の友人高木徳（士郎作『人生劇場』青春篇の登場人物新海一八のモデル）から昭和三十一年に貰つたもの、後者は三十年九月藤枝

静男から貰つたものだ。藤枝氏からの添へ手紙中に『小生の生れた年に母が作つたもの、申年《さる》の梅は特に良いのださうです』とある。

貰ふと共に家人は試食した。高木氏からのは、もう梅干とは言へぬもの、藤枝氏のはちやんとした梅干、といふのが家人の判定であつた。

私はこの稿を書くにつき、藤枝氏からのを初めて一つたべて見たが、貰つてから更に二十年経つのに、依然として梅干である。水上氏の言ふ味に近い。試みに固い種を割つてみたら、中の核（サネ、または天神さんとこの地方では称ぶ）もちやんとした味であつた」

ぼくは尾崎先生の文章をよんで眼頭が熱くなった。電話の青年は、この文章をよんでくれたろうか。

軽井沢で梅干をつけていても、以上のようなことが頭にやどっているのである。ぼくにとって、梅干をつくることは、いろいろなことを連想させ、そのいろいろなことを壺に封じこめて漬ける楽しみのようでもある。松庵和尚のこと、多津子さんのこと、良子さんのことが、かさなるのはもちろんであるし、尾崎先生や、藤枝先生が、老境に入られながらも、青年たちにはたかが梅干といえるようなものを大切にされていて、舌にのせておられる友情のことをもでである。まことに、人は、梅干一つにも、人生の大切なものを抱きとって生きるのである。こういうことを、ぼくは、電話の青年にいいたかったのだが。

さて、話は横道にそれてしまったが、かんべんしてもらいたい。ぼくが毎年、軽井沢で漬ける梅干が、ぼく流のありふれた漬け方にしろ、いまは四つ五つの瓶にたまって、これを眺めていても嬉しいのは、客をよろこばせることもあるけれど、これらのぼくの作品がぼくの死後も生きて、誰かの口に入ることを想像するからである。ろくな小説も書かないで、世をたぶらかして死ぬだろう自分の、これからの短かい生のことを考えると、せめて梅干ぐらいのこしておいたっていいではないか。

瓶にいくつも入れて貯えるのは、梅の種類別にしているからでもあるが、ぼくは、学識がないから品種も定かではない。名称も知らない、ただ産地別によっているのだ。月ヶ瀬梅は、小田原のより少し小さい気がするし、軽井沢のはしこりとして、やはり小さい。これは、その土地の土壌のせいか。人が生れ在所を背負うように、梅も在所を背負って一堂に集るけしきというしかない。

月ヶ瀬は、一ど奈良さらしを調べていた冬に出かけていって、あの川岸の台地に何万本と植っていた梅林のけしきはいまも忘れがたい。頼山陽もあそんだあの地は、風景もよくて、いまはダムも出来、近くを名阪国道が出来て便利にもなった様子だが、ぼくのいったころは山の奥で、柳生《やぎゅう》の里から車でながい時間かけて走ったものだった。冬だったので、梅の稔るけしきや、花の咲くけしきは見ていないが、そこで売っていた梅干飴を買って帰って、これがいまも手許にわずかのこっている。飴一つでもケチっぽく貯えておくのは、梅がそこに生きていると信じるぼくの性癖であって、客たちも、ぼくが梅干の瓶をとり出す時に、ケチっぽく皿に盛るのをひやかすのだが、これは致し方ない。何百年も生きるものをそう無駄には出来ぬ。

というのは、ぼくの梅干随筆をよんだ糸魚《いとい》川近くの、これも山奥の村からの老媼《おうな》の便りだった。いま手許にそれがないのでそのとおりのことは書けぬが、だいたい次のようなことが書かれていた。

「あなたの青年との梅干問答をよみました。あなたのおっしゃるとおり、梅干の命はながいものです。わたしどもの家には土蔵が三つあり、その一つの土蔵の階下の奥に、一つ大きなカメがあって、梅干が入っておりますが、これは先祖のつたえによりますと、源義経さまがお漬けになったものだそうです。また、この梅干は肉があっておいしゅうございます。一どいらしたら、あなたさまだけにはたべていただきとう存じます」

越後の糸魚川は、弁慶とともに義経さんがのがれた道中にちがいない。安宅《あたか》の関でようやく難をのがれた主従が、糸魚川へさしかかったころは六月の梅のみのる時期だったか。たぶん、そうだろう。この老媼の村で、義経さんは一泊か二泊して、梅干をつけたものとみえる。『義経記』が身に迫るように、その文面から感じられて、ぼくはまた、眼頭があつくなった。

こういう手紙をもらうのも梅干の縁というものである。ほんとうに、源義経が漬けた梅干が、越後の寒村にのこっていると信じるぼくをまた、あの青年はわらうだろう。わらわれてもいい。所詮《しょせん》歴史は憶う人の心以外にない。憶わねば、歴史は消えたままではないか。

何百年も生きる梅だから、ぼくはケチるのである。それで、そのケチりながら客に出す梅干の喰い方には、いろいろあって、酒の肴には、梅干の肉を甘味噌にまぜて、すり鉢ですって出したりする。また、大粒の肉のあついのは、砂糖を煮てとろりとした汁を、それにかけて、スプーンで喰ってもらうことにする。これなんかブランディにいい。女の客は、この甘いとろりとした梅干を好み、必ず、お代りを所望するが、ぼくのケチった出し方をみていて、お代りは尻ごみする人もいる。それはそれでいい。その人の心だから。

小田原の紫蘇巻梅がおいしかったので、それをまねて、わずかにつくってみたことがあった。まちがっていたのかもしれぬが、しかし、ぼくにはおいしかった。梅干になったのを、あらためて、紫蘇の葉で巻いて漬けこんだだけのことだが、この場合も土用にはよく干し、巻くのは、紫蘇の葉の方へおいて、板の上でくるくる巻くのである。これだと、瓶に入れてもくずれないのだった。

軽井沢の畑では紫蘇の生育は甚《はなは》だよい。色も黒みかかった紫で、葉も大きい。この一枚一枚に、梅をつつむと、葉はゆったりと巻けて、まことに、おもしろいのである。ぬく飯に一個のせて喰うと、それだけで、一杯のめしがすんでしまう。世の中に、こういううまい梅の喰い方があるかとさえ思う。

また、ここで、いいそえれば、梅にも醍醐味があって、その味は、ぼくという人間が、梅にからんで生きてきているからである。ドライブインの量産梅干を買って、それでめしを喰っても充分うまいけれど、手づくり梅には、手をつくすだけの自分の歴史が、そこにまぶれついている。それを客に味読してもらうのである。

このあいだ、ウイーンへいってきた。そこの葡萄《ぶどう》酒の土倉の主人が、ぼくたち客に向って、その年の葡萄の出来について、くわしく説明する眼の光りをみていて、涙が出た。人は、手でつくることにおいて、はじめて自然の土と共にある。たとえ、一粒の梅であれ、葡萄であれ、西の人であれ東の人であれ、ちがいはしない。

さて、ここで思い出す梅干の利用法で思いついたものを二つあげる。ひとつは梅干の肉を焼いて湯に入れて、吸いものにするのである。なんだ、そのものは、風邪でもひいた時に、よくおふくろがつくってくれたものだと蔑む人がいるかもしれない。そういう人にぜひ教えたい。梅干の肉のほかに、そこらあたりにころがっているようかんの切れ端をうかせるのである。一どやってみたまえ、梅のすっぱさと、ようかんの甘さが、湯にとけてデリケートなスープだ。またもう一つの使い方は、肉をとったあとのタネだが、これを包丁の背中でカラを割って、中から出てきた実《み》を箸洗いのつゆに入れるのである。柚子の皮でも少々うかせれば、芳香は何ともいえない。

私はこの梅干の吸いものを、じつは、妙心寺前管長梶浦逸外師の著書でよんでおもしろく思い、やってみてわかったのである。梶浦師は、その著書で、次のようなユニークなことをいっておられた。

「修行の上からいっても時ならぬものを出すことは、宜《よろ》しくない。その時々の季節、いわゆる『しゅん』のものを自由自在に調理できなければ一人前の料理人とはいえない。ご馳走という字は、はせ、はしると書いてある。だから寺の境内中、あちらへ走り、こちらへ走りすると、いろいろなものが目につくものだ。また、境内を歩かなくても、家の中、勝手もとをずっと歩けば、いろいろなものが目につく。草でもよし、果物でもよし、あるいはそこらにある菓子でもよい」

よくわかることばである。馳走の字の意味がここではじめてわかったが、禅者は、スーパーへは走らず、寺内の畑へ走ったのである。また走らなくても、台所の隅に寝ているものが見えていたのである。極意のことばのように思う。

＊みずかみ・つとむ（大正8年～平成16年）作家。
＊文化出版局刊『土を喰ふ日々』（昭和53年）収録。

昔カレー

向田邦子

人間の記憶というのはどういう仕組みになっているのだろうか。他人様のことは知らないが、私の場合、こと食べものに関してはダブルスになっているようだ。例えば、

「東海林太郎と松茸」

という具合である。

五つか六つの頃だったと思う。

夜更けに急の来客があり、祖母は私の手を引いて松茸を買いに行った。八百屋のガラス戸を叩いて店を開けてもらい、黄色っぽい裸電球の下で、用心深く松茸の根本の虫喰いを調べる祖母の手つきを見た記憶がある。そして、ラジオだか往来を通る酔っぱらいだったのか、東海林太郎の歌が聞えていた。

歌詞も覚えている。

〽ほうらおじさん　また来たよ

強い光は　わしじゃない

何という歌なのか、前後はどういう文句なのか、いまだに知らない。たしかお巡りさんの歌のような気もするが、生来の横着者で、たしかめることもしていない。いや、この歌詞だって間違っているかも知れない。なにしろ私ときたら、「田原坂《たばるざか》」の歌い

出しのところを、

〽雨は降る降る　跛《ちんば》は濡れる

と思い込んでいた人間なのだ。

勿論、〝人馬は濡れる〟が正しいのだが、私の頭の中の絵は片足を引く武士である。どういうわけか、両側が竹藪になった急な坂を、手負いの武士が落ちてゆく。その中に足の傷を布でしばり、槍にすがってよろめきながら、無情の雨に濡れてゆく若い武士がいて、幼い私は、この歌を聞くと可哀そうで泣きそうになったものだ。

〽越すに越されぬ田原坂

最近、このことを作詞家の阿久悠氏に話したところ、氏は大笑いをされ、体を二つ折りにして苦しんでおられた。

「天皇とカレーライス」

という組合せもある。

半年ほど前の天皇皇后両陛下の記者会見のテレビを見ていて、急によみがえった記憶である。

これも冬の夜更けなのだが、幼い私は一人で雨戸を閉めている。庭はまっ暗で、築山や石灯籠のあたりに何かひそんでいそうで、早く閉めたいのだが、雨戸は何枚もあり、途中でひっかかったりして、なかなか閉まらない。

縁側もうす暗く、取り込んだ物干竿に、裏返しになった白足袋と黒足袋が半乾きのまま凍って、ほつれた縫い目がこわばって揺れ、カレーの匂いが漂っていた。

この日私は、天皇の悪口をいって父にひどくどなられたのだ。

「そんな罰当りなことをいう奴にはメシは食わせるな！」

悪口といったところで、子供のことである。せいぜいヘンな顔をしたオジサンねえ、くらいのことだったと思うが、昔気質で癇癖《かんぺき》の強い父は許さなかった。御真影こそなかったが、父は天皇陛下を敬愛していたから、祖母や母の取りなしも聞き入れず、私は夜の食事は抜き。罰として雨戸を閉めさせられていたのだ。

ライスカレーは大好物だったから、私は口惜しく悲しかった。茶の間からラジオのニュースが聞え、「リッペントロップ」という言葉を繰り返した。私は涙をこらえ、

「リッペントロップ。リッペントロップ」

とつぶやきながら雨戸を閉めていた。

リッペントロップというのは、当時のドイツの外相の名前であろう。いずれにして

も「天皇・ライスカレー・リッペントロップ」――この三題噺《ばなし》は私以外には判らないだろう。

こういう場合、叱られた子供は、晩酌で酔った父が寝てしまってから、母と祖母の給仕で、一人だけの夕食をしたらしいがその記憶ははっきりしていない。

ほととぎすと河鹿と皇后陛下の声は聞いたことがない。私は長いこと、こんな冗談をいっていた。ふっくらしたお顔や雰囲気から、東山千栄子さんのようなお声に違いないと思い込んでいたので、開会の辞よりも井戸端会議のほうが似合いそうな、いささか下世話なハスキーボイスに、少々びっくりした。

七年前に死んだ父が、このお声を聞いたら何といっただろうか。

「井戸端会議とは何というい草だ。いかに世の中が変ったからといって、いっていい冗談と悪い冗談がある。そんな料簡《りようけん》だからお前は幾つになっても嫁の貰い手がないんだ。メシなんか食うな！」

まあ、こんなところであろう。

子供の頃は憎んだ父の気短も、死なれてみると懐しい。そのせいかライスカレーの匂いには必ず怒った父の姿が、薬味の福神漬のようにくっついている。

子供の頃、我家のライスカレーは二つの鍋に分かれていた。アルミニュームの大きい目の鍋に入った家族用と、アルマイトの小鍋に入った「お父さんのカレー」の二種類である。「お父さんのカレー」は肉も多く色が濃かった。大人向きに辛口に出来ていたのだろう。そして、父の前にだけ水のコップがあった。

父は、何でも自分だけ特別扱いにしないと機嫌の悪い人であった。家庭的に恵まれず、高等小学校卒の学歴で、苦学しながら保険会社の給仕に入り、年若くして支店長になって、馬鹿にされまいと肩ひじ張って生きていたせいだと思うが、食卓も家族と一緒を嫌がり、沖縄塗りの一人用の高足膳を使っていた。

私は早く大人になって、水を飲みながらライスカレーを食べたいな、と思ったものだ。

父にとっては、別ごしらえの辛いカレーも、コップの水も、一人だけ金線の入っている大ぶりの西洋皿も、父親の権威を再確認するための小道具だったに違いない。

食事中、父はよくどなった。

今から考えると、よく毎晩文句のタネがつづいたものだと感心してしまうのだが、夕食は女房子供への訓戒の場であった。

晩酌で酔った顔に飛び切り辛いライスカレーである。父の顔はますます真赤になり、汗が吹き出す。ソースをジャブジャブかけながら、叱言《こごと》をいい、それ水だ、紅しょうがをのせろ、汗を拭け、と母をこき使う。

うどん粉の多い昔風のライスカレーのせいだろう、母の前のカレーが、冷えて皮膜をかぶり、皺《しわ》が寄るのが子供心に悲しかった。

父が怒り出すと、私達はスプーンが――いや、当時はそんな洒落たいい方はしなかった。お匙《さじ》が皿に当って音を立てないように注意しいしい食べていた。

一人だけ匙を使わなかった祖母が、これも粗相のないように気を遣いながら、食べにくそうに箸を動かしていたのが心に残っている。

あれは何燭光だったのか、茶の間の電灯はうす暗かった。傘に緑色のリリアンのカバーがかかっていた。そのリリアンにうっすらとほこりがたまっているのが見え、あれが見つかると、お母さんがまた叱られる、とおびえたことも覚えている。

白い割烹着《かっぽうぎ》に水仕事で赤くふくらんだ母の手首には、いつも、二、三本の輪ゴムがはまっていた。当時、輪ゴムは貴重品だったのか。

シーンとした音のない茶の間のライスカレーの記憶に、伴奏音楽がつくのはどういうわけなのだろう。

東山三十六峰　草木も眠る丑三《うしみ》つどき

なぜかこの声が聞えてくるのである。

その当時流行《はや》ったものなのか、それとも、この文句を、子供なりに食卓の緊張感とダブらせて覚え込んでしまったものなのか、自分でも見当がつかない。

いままでに随分いろいろなカレーを食べた。目黒の油面《あぶらめん》小学校の、校門の横にあったパン屋で、母にかくれて食べたカレーパン。出版社に就職して、残業の時にお世話になった日本橋の「たいめい軒」と「紅花」のカレー。銀座では「三笠会館」、戸川エマ先生にご馳走になった「資生堂」のもおいしかった。キリのほうでは、バンコクの路上で食べた一杯十八円ナリの、魚の浮き袋の入ったカレーが忘れ難い。

だが、我が生涯の最もケッタイなカレーということになると、女学校一年の時に、四国の高松で食べたものであろう。

当時、高松支店長をしていた父が東京本社へ転任になり、県立高松高女に入ったばかりの私は一学期が済むまでお茶の師匠をしているうちへ預けられた。

東京風の濃い味から関西風のうす味に変ったこともあったが、おかずの足りないのが切なかった。父の仕事の関係もあって、いわゆる「もらい物」が多く、暮し向きの割には食卓が賑やかなうちに育っただけに、つつましい一汁一菜が身にこたえた。

そんな不満が判ったのだろうか、そこの家のおばあさんが、「食べたいものをおいい。作ってあげるよ」といってくれた。

私は「ライスカレー」と答えた。

おばあさんは鰹節けずりを出すと、いきなり鰹節をかきはじめた。

私は、あんな不思議なライスカレーを食べたことがない。

鰹節でだしを取り、玉ねぎとにんじんとじゃがいもを入れ、カレー味をつけたのを、ご飯茶碗にかけて食べるのである。

あまり喜ばなかったらしく、鰹節カレーは、これ一回でお仕舞いになった。

この家へ下宿した次の朝、私は二階の梯子段を下りる時に、歯磨き粉のカンを取り落してしまった。学期試験で、早く学校に行かねば、と気がせいているのに、雑巾バケツの水を何度取り替えて拭いても、梯子段の桃色の縞《しま》は消えない。自分のうちなら、「お母さん、お願いね」で済むのに……と、半ベソをかきながら他人の家の実感をかみしめたことを思い出す。

この家には私のほかにもう一人、中学一年の下宿人がいた。小豆島の大きな薬屋の息子で、そうだ、たしか岩井さんといった。色白細面のひょうきんな男の子だった。

私が、うちから送ってきた、当時貴重品になりかけていたチョコレートやヌガーを分けてやると、お礼に、いろいろな「大人のハナシ」を聞かせてくれた。

夜遅く店を閉めてから、芸者が子供を堕ろす薬を買いにくる、という話を、声をひそめてしてくれた。彼は、芸者を嫁さんにするんだ、と決めていた。

「オレは絶対に向田なんかもらってやらんからな」

と何度もいっていた。

長男だと聞いたが、家業を継いだのだろうか。少年の大志を貫いて芸者を奥さんにしたかどうか。あれ以来消息も知らないが、妙になつかしい。

ライスカレーがつかえて死にそうになったことがある。気管にごはん粒が飛びこんだのだろう、息が出来なくて、子供心に、「あ、いま、死ぬ」と思った。

大人からみれば、大した事件ではなかったらしく、母は畳に突っ伏した私の背中を

叩きながら、話のつづきで少し笑い声を立てた。私は少しの間だが、

「うちの母は継母なのよ」

と友達に話し、そうではないかと疑った時期がある。子供というものは、おかしなことを考えるものだ。

カレーライスとライスカレーの区別は何だろう。

カレーとライスが別の容器で出てくるのがカレーライス。ごはんの上にかけてあるのがライスカレーだという説があるが、私は違う。

金を払って、おもてで食べるのがカレーライス。

自分の家で食べるのが、ライスカレーである。厳密にいえば、子供の日に食べた、母の作ったうどん粉のいっぱい入ったのが、ライスカレーなのだ。

すき焼や豚カツもあったのに、どうしてあんなにカレーをご馳走と思い込んでいたのだろう。

あの匂いに、子供心を眩惑するなにかがあったのかも知れない。

しかも、私の場合カレーの匂いには必ず、父の怒声と、おびえながら食べたうす暗い茶の間の記憶がダブって、一家団欒の楽しさなど、かけらも思い出さないのに、そ

れがかえって、懐しさをそそるのだから、思い出というものは始末に悪いところがある。

友人達と雑談をしていて、何が一番おいしかったか、という話になったことがあった。その時、辣腕で聞えたテレビのプロデューサー氏が、

「おふくろの作ったカレーだな」

と呟いた。

「コマ切れの入った、うどん粉で固めたようなのでしょ?」

といったら、

「うん……」

と答えたその目が潤んでいた。

私だけではないのだな、と思った。

ところで、あの時のライスカレーは、本当においしかったのだろうか。

若い時分に、外国の船乗りのはなしを読んだことがある。航海がまだ星の位置や羅針盤に頼っていた時代のことなのだが、その船乗りは、少年の頃の思い出をよく仲間に話して聞かせた。

故郷の町の八百屋と魚屋の間に、一軒の小さな店があった。俺はそこで、外国の地図や布やガラス細工をさわって一日遊んだものさ……。

長い航海を終えて船乗りは久しぶりに故郷へ帰り、その店を訪れた。ところが八百屋と魚屋の間に店はなく、ただ子供が一人腰をおろせるだけの小さな隙間があいていた、というのである。

私のライスカレーも、この隙間みたいなものであろう。すいとんやスケソウダラは、モンペや回覧板や防空頭巾の中で食べてこそ涙のこぼれる味がするのだ。

思い出はあまりムキになって確かめないほうがいい。何十年もかかって、懐しさと期待で大きくふくらませた風船を、自分の手でパチンと割ってしまうのは勿体ないのではないか。

だから私は、母に子供の頃食べたうどん粉カレーを作ってよ、などと決していわないことにしている。

＊むこうだ・くにこ（昭和4年〜56年）作家。
＊文藝春秋刊『父の詫び状』（昭和53年）収録。

天国へのフルコース

北　杜夫

食前酒として、ドライ・マティニーを二杯ほど。煙草は慣れているセブンスター。

それから、白のワイン（たとえばアルザスのなかでもなるたけドライなもの）で、キャビアを薄いトーストで食べる。玉ネギだけで卵もレモンも使わない。生のフォアグラをほんの半片ほど。

ついで、生ガキ、ウニを主体とした海の幸。カキは一ダースほどで、ワインはずっと同じもので通す。

それから氷水を飲み、洋食はそれで打ちきる。

辛口の日本酒を、まずコノワタで一杯やる。大皿のフグ刺と松茸のドビン蒸し。できるだけチビチビと飲み、少しずつ食べたい。

それが終っても、それほど腹にたまるものは食べていないから、酒をラオチュウにし、ペキン・ダックを食べる。

あまり満腹しないようにして、夕食はこれで打ちきる。

アルメニアのコニャックを三杯ほど、葉巻（銘柄はわからぬので、あまり太すぎぬ奴ならなんでもよい）と共にのむ。

以上は、親しい友人三名くらいと、過去好きだった女性を三名くらい集めてレストランで食べたい。

家に戻って、地球の破滅か私の死まであと三時間くらいあるので、ウイスキーの水割りを飲みながらマンガ本を見て過す。

いよいよ最後の夜半の時刻。かなり腹も空いてきたので、台所へ行ってシナチクの入った生ラーメンを作る。焼豚は自家製。コショウを山ほどかける。コショウで辛い汁をすすり終り、氷水で青酸加里を飲みくだす。

＊きた・もりお（昭和2年〜）作家。

＊新潮社刊『マンボウ博士と怪人マブゼ』（昭和53年）収録。

わが美味礼讃

開高　健
阿川弘之

開高　去年、阿川大尉とぼくは某所で寄せ鍋をつついたんですよ。
阿川　そう。
開高　ところが、たまたま松茸《まつたけ》が入っているのよね。去年は松茸がとれなくて、ひどく高かった。象徴的にパラッ、パラッと入ってるくらいなのね。見るやいなや、大兄は箸をなめて、ピチャピチャとその松茸につけてまわられました。
阿川　それはうそです。（笑）遠藤（周作）の創作を盗作しては困る。
開高　いや、某氏の証明によると、この人は五十歳になってもよくそういうことをなさるんだと……。（笑）それで、大尉と食い物の話をはじめたの。そうしたら、ほとんど千夜一夜やってもいいくらい出てきたなァ。
阿川　この人はほら、ウイスキーの宣伝で口が二重にきたえてあるでしょう。人を口車に乗せるぐらいお茶の子さいさいなんです。うまく乗せられましてねえ。「はあー、大兄の家はそんなにうまいものがありますか。それでは、いっぺん……」ということになり、うちの支那粥《がゆ》はたいへんうまい、一度ごちそうしてもいいと……。
開高　それからもっとあった。うちの女房のつくるローストビーフは帝国ホテル以上だから食いにこい、松茸ぐらいは我慢しろと……。

阿川　とにかくそれで、家に帰ったら、かみさんにえらく叱られちゃってね。開高さんの奥さんをだれだと思っているんですか。とんでもない約束をしないでください。そんな手の震えるようなこと……。（笑）それで結局、ご馳走していないんだ。

開高　ところで、東京の中華料理店で、コックが替ったら味がガラッと変るといわれているんだけど、大兄はそういう格段の差というものを経験しましたか。

阿川　以前、田村町にあって邱永漢さんが肩入れしていて、その後新宿に移った中国の家庭料理の店。

開高　うん。あった。

阿川　あそこはおそうざい風のうまいものを食わせるんで、始終行ってたんです。ところが、あるときからおなじ種類のものでガタッと味がちがうんですよ。どうしたんですかって訊いたら、しぶしぶ教えてくれたけど、コックが替ったたって。

開高　あれは経営者そのものが代替りしたんじゃないですか。ぼくもあそこはよく通ったけれども、あとでひどく失望した。あの差はくっきりしていたな。しかし、日本の中国料理というものは、東南アジアの本場物とぜんぜんちがう料理で、日本料理のうちの中華料理という風に変ってしまってるね。
阿川　東南アジアのって、あなた、中国のじゃなくて？
開高　ええ。たとえば、関西割烹《かっぽう》が東京へ出てくると、関西割烹でもなんでもない不思議な料理になっちまうでしょう。ですから、そういうコックはときどき〝国内留学〟して、関西割烹なら大阪へ帰って昆布のだしのとりかたから、またやり直すということをやらなきゃいけないんじゃないか。
阿川　このあいだも、アメリカへちょっと駆け足旅行して来たんだけど、馬齢を加えるとともに、ぼくは洋食がだめになってきてね。中国料理ならいいんだよ。それでロスアンゼルスでも、どうせだめだろうと思いながらもチャイナ・タウンへ行って、やっぱりだめだった。要するにアメリカ風ね。
開高　うん。
阿川　ケチャップと塩と胡椒《こしょう》がおいてある感じで。
開高　パリの中華料理もパリ風なんで、ただまあ、いくらか眼がきびしい。食い道楽が多いものだから、中国そのものを残すように努力はしている店もある。だけど、やっぱりフランス風だねえ。

阿川　パリにはベトナム料理店がたくさんあるだろう。

開高　ベトナム料理屋は、わたし、しげしげ通ったの。わたしはベトナム料理は好きなんです。

阿川　ぼくも好きだ、あのニョクマム。

開高　日本人のなかにはヌクマンと発音する人がいますが、なかなか上等なのは淡泊でうまいんです。中華料理の一分派以上の何かを持ってる感じがするでしょ。

阿川　ニョクマムというのは、しょっつるみたいなもんですな。

開高　そう。ニャチャンというところでとれる小エビから作ったニョクマムもある。これ、うまいね。臭さなんかぜんぜんない。長年ねかしておいたやつね。軽くて透明で、あったかくて……。

阿川　中国料理の一分派として立ててもいいくらいだとあなたいうけど、ニョクマムが中国にありますか？

開高　ニョクマムはないけど、カキの油、エビの油はあるわね。蝦油とか、牡蠣油とか。

阿川　それはある。

開高　このあたりから、話が……。（笑）パリのベトナム料理屋で面白いのは、メニューを見ると、サイゴン・スープとハノイ・スープというのがあるのよ。

阿川　それは笑い話だろ。

開高　いやいや、ほんとの話。メニューのなかでは仲良く二つならんでいるんだ。それを見てて、時にはサイゴン・スープとしか書いてない店もあるし、ハノイ・スープだけしか書いてない店もあるの。それでもって、だいたいその店の主人がどちらをひいきにしているか、どちらの出身かということを考えたりするんだけどね。あるとき、ハノイ・スープとサイゴン・スープと二つならべて書いてある店があったので「どっちがうまいねン」といったら、「お好みしだいです」というのね。「あなたはどっちがうまいと思うか」いったら、「あ、わたしね、主人ですから意見はいえません」……。（笑）のらりくらり逃げられたけどね。

阿川　ところで、東南アジアの中華料理って、かならず香菜をつけるでしょう。

開高　いいね……ツゥーンとくるの。

阿川　あれは横浜に売ってる八百屋があるんだよ。

開高　ドクダミみたいな鋭い匂いがするので、いやだという人も多いけど、あれ、食いなれるとうまいですよ。
阿川　うまいナァ。（笑）ふしぎなのは、同じ昔のインドシナでも、カンボジアとベトナムの国境線にそって、文化としての料理のある地域と、煮るか、焼くか、生で食うか、そういうていどしかないところとわかれるんじゃないかしら？
開高　わかれるね、ベトナムでだいたい……。
阿川　中国の文化圏と、いわゆる中洋文化圏ですか。
開高　儒教文化圏とインド文化圏というか、そのちがいがあのへんにあるねえ。あなたの話を聞いてて、さすが食い魔だと思ったのは、ベトナムのヒヨコね、卵。
阿川　あ、あれは食う勇気なかった。
開高　あら？　食ったと聞いたけどね。それで、いや、さすがに大兄と思って私淑してたんですがね。
阿川　残念ながら食ってない。
開高　あれはなかなか食う元気のある奴はいないいんだけどね。
阿川　いないネ。アヒルの卵なんですが、かえる寸前になった奴を食うんでしょう。

もう、こんなに（身振り手振りで）手や首ができてるのね。どうやって食うの？　あんた、食ったの？

開高　うん。食った。何度も。

阿川　すごいねえ、このひとは。（笑）

開高　いやあ。（笑）なにか機先を制されちゃうな。かの国の通人はなかなかむずかしいことをいいましてね。二週間目がいいとか、三週間目がいいとか。卵をみて、外側からどうしてわかるのか、と思うけど……。まあ、何とも異様なものなんですね。

阿川　どっちに近いの？　ニワトリのひなに近いのか、それとも卵に近いのか。

開高　それぞれによるです。

阿川　とろんとしてるの？

開高　とろんとしたのもあるし、すっかり姿になってまとまってるのもある。けれどもちょっと無理して食べたというむきはあるんですがね、率直にいいまして。

阿川　あんまり好物ではないんだね。

開高　もうひとつわたしがどうしても手ェつけられなかったというのが、田んぼにうごめいているガガブタを炒《い》ったやつね、香港の町角で売ってる。ゲンゴロウとか、ガガブタとか、あの種のものを天津甘栗みたいな調子で炒ってね。

阿川　ゲンゴロウは邱永漢の奥さんが好物だそうだ。

開高　そうそう。香港の女の子が、紙包みのなかからうまそうにシャクシャク、パリパリとアジアの白い小さな歯で音たててるじゃない。ヤ、これはうまいにちがいないと思って、行列にならんで、順番がきたら、あなた、ガガブタがまっ黒けになってるじゃない。（笑）これは困ったなと思ったけど、まあ、一包みだけ買って一口ほうりこんだけど、なんとも油臭い、泥臭いへんなもんで、あれは二度と試《ため》す気にはならないな。戦争中にイナゴを食べたときにバッタをついでにやってみたことがありますが、とても手におえない。どちらかというとゲンゴロウはイナゴよりバッタに近いほうの味ですよ。

阿川　カボチャの種とか、スイカの種とか、ピーナッツみたいに食うんだろうな。

開高　広東のナントカ郡の田んぼの奴がうまいとか、まずいとかいってるんでしょう。（笑）

阿川　ぼくはそんなに勇気があるわけじゃないけど、いまから十六年前、香港をずいぶん食い歩いて、飛行機に乗る日の朝、例の海岸ぶちの朝粥をやっているところを捜して行った。

開高　うんうん。

阿川　朝粥食うつもりで行ったんだけど、どうもメニューをぶらさげてあるのを見ると、イヌらしいんですよ。〝熱狗〟と書いてある。だいいち安い。それで、気持わるかったら捨てればいいと思って注文したら、ホットドッグが出てきた。がっかりしたなあ。（笑）

開高　これは、この人のオハコなんだ。（笑）

阿川　ヘビは食いましたけどね。

開高　ヘビはうまいですよ。スープなんかなかなかいいですよ。

阿川　そう、スープはうまいね。ニワトリのささ身よりも、もっとあっさりしている感じでね。要するに、十一月、十二月でしょう。季節になりますと、かごのなかにヘビがいっぱい入れてあって、〝菊薫り龍肥ゆるの季節〟とかなんとか書いてある。

開高　いろいろ書いてあるなあ。

阿川　かならず龍という字を使っているね。

開高　香港に行ったら、〝龍虎鍋〟というのがあるよ。龍と虎で、虎はネコよ。（笑）

ヘビとネコと一緒に火鍋子《ホウコウズ》みたいな鍋のなかに入って出てくるんだけど、ネコはあんまりうまくないね。くどい、しつこいような感じがあるけど、イヌはまだうまいですよ。

阿川　イヌ食った？

開高　うん、ベトナムでね。

阿川　ぼくはベトナムで食ったのは、ハトがうまいと思ったな。

開高　あ、これはあなた、食用バトはうまいですよ。

阿川　あれ、食用バトですか。大変おいしかったよ。ユエの露店料理屋で食ったの。

開高　うまいよ、あれは。田舎を歩いていると、農家の前にちょうど郵便ポストみたいなのが置いてある。それがハト小屋なんだな。自分で勝手にどっか田んぼへ餌を探しに行って、食べてから帰ってくる。

阿川　はあ、自給自足になってるの。

開高　そうそう、あなた、あの食用バトはうまいですよ。パリでも、カイロでもうまいです。ハトを食べないのは日本ぐらいじゃないかしら。

——ところで、お二人とも〝君子厨房《ちゆうぼう》に入る〟組なんですか？

開高　ぼくは入らないですね。もっぱら鑑賞し、分析し、解釈し、総合し、そして排泄する、と……。（笑）

阿川　私はコンピューターの役です。指令をだすだけ。（笑）ま、ステーキとか、かんたんなのはやりますけど。

開高　（改まって）ステーキのコツって何です？

阿川　そら来た。放送局の若いアナウンサーかなんか相手なら、「それは……」なんていえるけど、開高君に訊かれて、いえないじゃないか。やだよ。（笑）

開高　何をいうの。（笑）日本人は刺身に凝るでしょう。新鮮でなきゃいけないとか、いろいろいいますね。アメリカ人でもビフテキについてはいろいろいうでしょ。そうすると、ビフテキのいちばんのメリットって何です？　やわらかさですか、ジュウシィであることですか。

阿川　ぼくはやっぱりもとの肉の味だと思うけど。

開高　肉そのものの味？　それがあるか、ないかということ？

阿川　うん。たとえば、見たとこほんとにきれいな松阪牛のサーロインでやいても、どうもおいしくないことがある。いつかスイスで食ったんだけど、いまいったジュウシィでもないし、やわらかくもないんだ。ところが、いかにも牛肉の味がしますっていうステーキ食ったこともあるよ。アメリカでもうまいステーキを食ったことがある。やっぱりそれは肉の味そのものじゃないかと思って。

　あれは、おなじ牧場でも阿川牛より開高牛のほうがうまいとか、そういうことがあると思うな。

開高　なるほどね。フランスは土が沃《こ》えてることではヨーロッパ一、時には世界一といわれたりすることがあって有名なんだけど、そこで牛を育てて、それをパリで食うわけなのね。

阿川　ええ。

開高　そうすると、非常にうまいビフテキが食えるわけで。

阿川　シャトーブリアン？

開高　そう。それの生焼け。それがドイツに行くと、お隣の国で、そう土質や地質が変っているとも思えないし、牛も同じ品種だろうと思われるのに、そのドイツのビフテキというのが目もあてられない。永遠に克服されないのではないかと思いたくなる

ような、これは何でしょう……。（笑）

阿川　何でしょうって、それ、ぼくが聞きたいよ。

この間神戸から英国船に乗った。いわゆる豪華船でぜいたくなもんだったけど、めしだけどうしてああまずいのかネェ、ほんとに……。（笑）スープってものはあんた、牛の骨か肉か、ブタの骨か肉か、ニワトリのガラか、そういうものをグツグツ煮て塩と胡椒入れただけで、大体うまいものです。

開高　そうです。そうです。

阿川　それがどうしてああいうふうにまずくできるのかと思うほどまずい。あれ、どうやると、ああいうふうにまずく料理できるんだろう。

開高　ドイツ料理というのは、もう、ほとんど原罪的にまずいんだな。（笑）ほんと、そう思いたくなるようなのが多いね。ただ、さすが、じゃがいもね、カルトッフェルだけはどの店に行ってもみごとな味です。

阿川　あれは、ドイツは北海道だからですよ。

開高　そうかね、やっぱり。

阿川　そうではないだろうか。

開高　フランスの店では、カルトッフェルでときどき上下があるんですね。当たりはずれがある。ドイツのレストランへ行ってカルトッフェルだけは、まず間違いないなァ。あとはひどい。

阿川　イギリスはもっとひどい。

開高　ドイツでウインドーを見てると、ハムやらソーセージやらいろんなのが山と積まれて、見るからにうまそうなので買ってきて、こんどこそはと思って食ってみるけど、どうも、もう一つゾッとしない。ミュンヘンにヴァイスブルストというのがあるね。

阿川　ヴァイスって何ですか。

開高　白い。白いソーセージ。できてから二、三時間目くらいがいちばんうまいと言っているんですけど。

阿川　材料は何？

開高　ブタや。シュバイン。これはちょっとうまいんじゃないかな。こんど行ったら食べてごらんなさい。

阿川　へい。ミュンヘンはビールはおいしかった、やっぱり。

開高　大兄がおいでになったホーフブロイハウスの入口を出て、ちょっと斜め右向い側のあたりに、「小さな花《プティ・フルール》」ってフランス語で書いた店があるんです。ここはまた、別の花が咲き乱れているんですがね。
阿川　あ、そうですか。（笑）
開高　いろんな花が咲いてるですよ。（笑）
阿川　それにしても、開高大先生と違ってぼくなんか、年々、洋食が苦手になってますし、自分の好みに合ったものをうまいと思ってますから、あんまり口はばったいことを言えないんです。
開高　えらいきょうはまた低いなァ、姿勢が。お体がわるいんですか？
阿川　ほんとにそうなんだ。（腕組みをして考え込むように）自信喪失なんだ。洋食に関しては。
開高　ほんと？
阿川　ただ、せんだって、日本航空のファーストに乗った。そしたら、前菜にキャビアとフォワ・グラと、あとエビかなんか持ってくるでしょう。「何かおとりしましょうか」って言うから、せっかくファーストに乗ってエビなんかだれが食うかと思って、ほかのパッセンジャーのご迷惑にならない範囲でキャビアをできるだけたくさん下さいって、トーストとレモンつけて、気取ってシャンパンかなんか飲みながら食ってね。あとでスチュアードがきて、「阿川さん、キャビアお好きだそうで」「え」「私たちは余ると、熱いごはんにあれをのせて、しょうゆとレモンかけてまぜ合わせて食うんですよ」「あんたなぜ早くそれを言ってくれなかった！」、（笑）なんで、あんなに気取って食わすんだ。（笑）それはうまそうだ、キャビアめしというのは。

開高　そうね。ちょっとくどいところがあるから、大根おろしなど添えたりするといいかもしれないね。

阿川　オニオンの小さくきざんだのと醤油と、レモンかけてキャビアめしにしたらいいと思う。

開高　それはうまそうだなァ。

阿川　帰りはエコノミーだった。キャビアなんか出ない。（笑）

開高　大兄は、世界じゅうの飛行機ほとんど乗ったでしょう。どこのラインがいちばんうまかったです？

阿川　これがまた、人を口車にのせるご質問だけど、僕は飛び出して間もなくのパンナムのジャンボ、大西洋でファーストに乗った。これはおいしかった。だから、どこの国というふうに一概に言えないと思うんだけど。もっともパンナムの大西洋線は、マキシムが積んであるんだという話を聞いたけどね。ローストビーフもキャビアもまことにけっこうでした。
開高　いま、キャビアがとれなくてね。
阿川　公害なんだって？
開高　乱獲と公害。カスピ海が公害だし、ロシア本土のほうのチョウザメはダムのために上がってこれなくなっちゃったりしてね。
阿川　あんた007で見た？
開高　ウン、見た見た。
阿川　やつがキャビア一口食って「うん、カスピ海の南だ」って言うとこ、おかしかった。（笑）
開高　ぼくは、ルーマニアにいるときに、およそ一カ月ほど毎日、朝、昼、晩と生のキャビアね、〝キャビア・フレ〟っていうやつね。大粒で灰緑色、そしてちょっと糸を引くようなやつ。これを黒パンの上にバターを塗りましてな、そこへキャビアを靴の半革くらいものせましてな、レモンをチューとかけると白くなってくるんですよ。

阿川　そうそう。

開高　それをね、威張るでなく、がっつくでなく、ものうい顔を装って食べてたですがね。二、三生分くらい食べた、ぼくは。悪いけど。（笑）

阿川　なんでルーマニアにキャビアがあるの？

開高　なんでか知らん。キャビアとイクラがよかった。ふんだんにあった。作家同盟が休暇切符というのをくれたの、わたしに。それで、その休暇切符を持ってでかけて、あそこに黒海に面したコンスタンツァという保養地があります。ママヤというところと、パパヤというところがあるけど、そこで毎日ものうげにキャビアを食べた。以後は、キャビアと言われても、ほかのひとにまわすようにしてるです。（笑）

阿川　いやな人だね。ルイ十何世かと話しているような気がしてきた。（笑）

開高　プゥーッ……。（笑）それからソビエトで、キャビア・ブレッセというのを食べたことある？

阿川　ある。ペチャッとしたやつ。

開高　浅草のりみたいに、せんべいみたいに平べったく伸ばしてあるの。あれはやめたほうがいいなあ。

阿川　好きではありません。

こないだね、あるテレビ局が、周恩来が田中総理にすすめて食べさせたのと同じ支那料理を食うテレビ番組をやるからと言ってきました。魅力あったけど、やはり、断わりました。

開高　これはまた、妙な番組だね。

阿川　ブームが気に入らん。だいたい、僕はマオタイ酒というの昔から好きでね。度がつよくて、杯に入れてマッチすれば火がつきますし、ちょっと臭いですし、貴州の名産ですが、安かったんだ。七、八百円か、千円以下で買えていたんです。そのころ人にすすめても、臭いとか言ってだれも飲まない。それが急にブームになっちゃって、銀座で六千円だの、七千円だの、プレミアムがついたとか、そんなバカな話がありますか。ほんとにああいうヒステリー的なブームってのは嫌いです。マオタイ、とつぜん臭くなくなったのかね？（笑）話を何に持っていこうかって思っていたかというと……。

開高　まあ、いいじゃないか。あっちこっち……。（笑）

開高　だけど、ぼくもマオタイ酒飲んだけど、うまいねえ。乾燥してて、ピリッとしててね。

阿川　あれは油っこいものと油っこいものとの間にいいんだよ。

開高　男の飲み物だね。いま、ソビエトがウオトカを、二十度くらいに水で薄めてペシャペシャにしてしまった。だめ。アブサンはアブシンチウムを抜かれて、悪魔の酒ではなくなった。これもだめ。

阿川　テキーラはどうかな？

開高　テキーラはまだいくらか保《も》っているけども、サボテンの毛虫のおしっこの塩がだんだんとれなくなった。（笑）日本酒はベタベタの甘っぽくて砂糖水みたいになっちゃった。ドリンカーの世界は小さく貧しくなるばかりなんだけど、まあ、マオタイくらいはがんばっておいてもらいたいね。

阿川　ドライジンは？　ジンをストレートで飲む風習はあるの？

開高　ありますね。

阿川　わりにうまいね。

開高　うまいよ。ストレートで飲んでうまいのはオランダのジンね。

阿川　ぼくは、マオタイがそんなに高くなったら不愉快だから、ウオトカに変えようかと思ってたんだが……。

開高　泡盛に変えたらいい。泡盛はマオタイ酒の流れを引くものだと思うな。味から、貯え方もね。過去の歴史から見ても。泡盛を本式のかめに入れて、床下の土の中にうずめて何年もねかしたのを飲ましてくれ、それだけ飲ましてくれたらあと何もいらない、と言って、沖縄でダダこねたら、飲ましてもらえたの。これはうまいよ、さすがに。

阿川　いや、僕もなにかうまいの飲んだよ。

開高　しっとりと漆喰《しっくい》の匂いがしてね。カッカッと湯沸しみたいにならないで、ひとをむしろ鎮静させるような感じの酒ね。

阿川　そうですか、はァ……。話するのがだんだん不愉快になってきた。（笑）

開高　那覇のバーへ行って、置いてある泡盛の最高級のものを出せといって、五、六軒はしごした。やっぱり、違うなあ。一ぺんにまとめて飲んだらわかったわ。味覚というものは集中的に一ぺんにやる必要があるんじゃないかな、何でも。
阿川　あのね。まだ物が不自由な時代だったからとくにそう感じたのかもしれんけど、外交官の友だちが戦後はじめてフランスに行って、クラスのみんなにって、クーリエ便で外務省へ酒を届けておいたからって、ぼくが代表でもらいに行ったら、ブランデー一本なんですよ。あいつケチだなァ、みんなで一本かって、あけてみたら、ラベルがタイプライターで打ってある。それも、紙が黄色くなって虫食いみたいになっている。
開高　ほオー。
阿川　あれ、どういうんだろう？　ほかの友だちも知らないっていうんだ。これが、いままでぼくが味わったブランデーの中で最高にうまかった。
開高　それはよほどのわざものだね、いでたちから見ると。
阿川　後年その友人にたずねたら、吉田茂がわざわざ取り寄せてたやつを一本くすねたとかなんとかいう話だったけどね。
開高　それは、一世紀くらいたっているようなブランデーでしょうね。
阿川　そうかも知れません。

開高　ぼくは、十年ほど前、佐治さんがサントリービールを作るときに、一緒に飲みに行こうというので、北欧から、ドイツから、イギリス、フランス、徹底的に朝昼晩、ビールびたしになって四十日か五十日ほどやった。(笑)

阿川　そんなに飲んで味がわかるかね？

開高　いや、ちょっと待って。いま説明するです。それから羽田へ帰ってきた。羽田の空港で日本のビールを飲んだ。何ビールと言いませんがね。そのとき、ガクーンと落差を感じた。その落差の中で、これがいけないんだ、この臭いがまずいんだ、そこがまずいんだということ、一々指摘できるくらいに、はっきりわかったような気がした。だけど、二週間したら、もうわからなくなったね。官能は鋭く、しかも移ろいやすいね。

阿川　……。(笑)

開高　きだみのるさんのめしの食い方がそれなのね。それはカキが食いたいとなると、朝昼晩、朝昼晩、徹底的にカキばっかり一週間も二週間もブッ続けで食うっていうの。それで、もうわかった、飽いた、というと、こんどまた、さつま揚げじゃないけども、チーズかね、何かそんなほうに回る。

阿川　さつま揚げは鹿児島にうまい店がある。
開高　あるよ。
阿川　知ってるねえ。
開高　さつま揚げを軽蔑しちゃいけませんよ。
阿川　何を言いますか。尊敬しているんだ。
開高　あれは、たいへんにうまいものですよ。
阿川　こないだ行ったら店が休みだった。ガッカリした。
開高　あれもやっぱり、揚げたてを食べなきゃだめ。
阿川　そう。
開高　つけ揚げっていうのね。
阿川　うまいね。あれは。
開高　エソを入れるとうまいですよ。ボラの兄さんみたいな変な顔した魚がいる。その身を入れるとおいしくなってくるんです。
阿川　そう。
開高　やっぱり、集中的に阿川邸のようにローストビーフならローストビーフっていうので、帝国ホテルを目のかたきにして攻め立てていくと、やっぱり、技術も向上し、微笑も浮かぶというわけなんだけど。朝昼晩、ローストビーフで。

阿川　(笑って取り合わずに) 油条《ユウテイヤオ》の話をしましょうか。

開高　賛成。(笑)

阿川　これもしかし、今は人があんまり知らないけど、マオタイと同じで中国ブームだから、いつなんどきワッと来るかわからない。ぼくは、横浜の南京街《ナンキン》に一軒作って売っているところがあって、そこへ買いに行くんだけど。

開高　夫婦で揚げてるとこでしょ。小さな横町を入ったところの。

阿川　そうそう。

開高　ゴマをかけたのもあるネ。

阿川　焼餅《シャオピン》と油条と、あああ……。

開高　そ、そう、あそこだ。(笑) あそこの店の、うまいよ。

阿川　うまいんだ。やっぱり、その日作ったのがいちばんうまいな。メリケン粉で長いドーナツみたいなものを作りまして、甘味もなにもないんです。むしろ、油揚げに近い感じなんです。お粥なんかに刻んで入れたり、ハチミツつけて食ってもうまいし。ニワトリのスープとって、いろんなナニを入れて、グツグツ煮込んだ粥に油条を入れると、フニャッとふやけるでしょ。それを食べる。安いものなんですがね。

開高　だけど、うまいねえ。揚げたてのゴマ油のプーンと匂うあたり。ゴマふってあるのもうまいしね。油条のなかなかいいのがサイゴンにありますよ。

阿川　日本人が訛《なま》ったのか、上海方言なのか、上海あたりにいた日本人はヨウジョウ、ヨウジョウっていってたな。朝とか夕方、そう呼んで売りにくるんですよ、かごに入れてね。

開高　そうそう。

阿川　ちょうど、豆腐に油揚げ、とォーふゥ、とォーふゥ、みたいだね。

開高　そういうこと。

阿川　そのヨウジョウをあついお粥に入れて、フーフー吹きながら食べる。

開高　あれはうまいなァ。それから東南アジアの麵《めん》ね、実にうまいんだなあ。軽くって、プリップリッと腰が強くって、スープの中でおぼれてなくて……。（笑）

阿川　（ポンと手を叩いて）きたなァいとこで食うやつね。
開高　そうそう。うまいんだなあ、これが。日本のラーメンいうのは、みんなスープの中でおぼれ死にしているんだよ。
阿川　ぜんぜんスープのないやつも好きなんです。それを、こないだ宿願はたして二十何年ぶりに食った。（笑）これは感激しました。
開高　あれはうまいなあ。黄色いのよね。梘水《かんすい》がピッと使ってあるの。
阿川　それで芝蔴醬《ツウマージャン》を入れてね。これはいま日本でも純粋食品なんて売ってますが、ごまペースト。要するに、ごまのピーナッツバター、ごまをペーストにしたものなんです。こいつをタラッタラッとたらしてだね、フーフーフーと吹きながら食べる……やめようか、あさましくなってきた。（笑）
開高　胃が痛くなってきたね。
阿川　おつゆのないラーメンに辛いものたっぷりかけてね。
開高　それから、さっき大兄が焼餅《シャオピン》と言っていたけど、あの焼餅に、普通の中華料理、何でもいいのよ、グリーンピースとエビとかね。
阿川　何でもお惣菜をつけるんだろ。

開高　それを中に入れまして、包んで、辣油《ラーユ》なんかにちょっとひたして食ってごらん。がぜん変っちゃうんだ、味がァ。

阿川　そう、変っちゃうんだ。それから銀絲饅頭《インスーマントウ》、これは日本で食わせる支那料理屋一、二軒くらいしかないけれど、ほんとは自然発酵なんだってね。くさったマンジュウみたいに糸引くんですよ。よく支那料理食いに行くと出る花捲《ホワチユアン》よりずっとうまいものでして、頼んでおけば作ってくれる店があるんです。

開高　日本では包餅《パオピン》に包んで食べるのは烤鴨子《カオヤーズ》だけしか知られてないでしょう。あのメリケン粉の皮だけもらうの。それで、出てくる普通の中華料理、何でもかまわないから、ちょっと包んでギュッと手でつまんで辣油にちょっとひたしてパクッとやってごらん。たった一枚のメリケン粉の皮なのに、がぜん変っちゃうんだ、味が。二度繰りかえしました。

阿川　烤鴨子のあれでも春餅《シユンピン》の皮でもどうやって作るか知ってるだろう。

開高　知らない。

阿川　へ⁉　開高さんが知らんのですか。少し元気が出て来た。上質のメリケン粉を、よォくよォくこねてね、それも、ピッピッと（ツバ吹きかけるように）手で、こう、いじくりまわしてこねたやつを、このくらい（直径三センチくらい）のまるいおだんごにするんですよ。そのあいだにごま油を塗るんです。それで二つかさねて麵棒で、よォく伸ばしますと、このくらい（直径二十センチくらい）のうすゥいものになる。そいつをさッと焼くんですね。こげ目がちょっとつく。そうすると、スウーッと二枚にはがれる。

開高　そうそう。

阿川　なんだ。知ってるんじゃないか。ズルイよ、君。（笑）

開高　いやいや。（笑）だけど、あの東南アジアのシーサンのきたなさというのは、さすがに徹底してるね。ぼくは何度も経験したけど、あの裏へトイレに入りに行くと、まあ、すごいんだなこれが。

阿川　ブタがうんこしててね。

開高　台所ぬけて行くでしょ。そうすると、ポンポンとレンガが二個置いてあって穴がポカッとあいているのへ落とす、土がめから水汲んでジャブジャブッとあけて、それを流す。そこまでは、まあいい。その横ではばあさまが鼻汁《はな》をピッと飛ばしている。

・そうして、そこをはだしで黒パンツじゃないかと思うぐらい汚れた白パンツをはいた兄さんが、(笑) ハトの首を切ってんのよね。ハトが血みどろになって、バタバタバタ、そこらを飛んで壁じゅう血だらけ。そこらあたり、何やら臭くてビシャビシャとして薄暗い。何かモゴモゴするものがあるなあ、と思って見たら、床の上をものすごい大きなスッポンが這っているんだね。(笑) そして、料理をのせるときはまあいいんだけど、皿の横へ汁がベタァーッとついたりする。拭いてくれるなと言いたくなるような、パスツールが見たら気絶しそうなぞうきんで、ニタッ、と拭きとるのよね。(笑) それを出すんだよ。それをシカと記憶したままでゆっくりと食べていくときの、一種マゾヒスティックな喜びね。(笑)

阿川　軍隊ではね、ツバ汁フケ飯というのがあったでしょ。海軍では行水飯というのがあった。蒸気釜で飯炊くときに、まずお湯はっておいて、そこに入って背中ごしごし洗ってね。(笑) それから米をブチ込んで、出来ましたって。(笑) これはマゾヒスティックかなんか知らんけど、塩気はきいとるだろうな。(笑)

開高　ほんとにあったんですか、それは。

阿川　ウン。やったらしいよ。

開高　ほォー、大兄はそれを提供したほうですか。

阿川　いや、提供しませんよ、わたしは。提供されたかもしれないけど、それはわからない。

開高　アメリカ人の軍隊というもの、ぼくは、ベトナムの最前線ではじめて味わったんだけど、まあ、いろんなところに置かれた部隊があるので一概に言えないけれども、栄養度は最高やね。週に一回か二回ティボーンステーキが出て、あと全部アメリカから持ってきたものやね。ベトナム産いうたらつま楊枝だけ。それからベトコンさんが売りにくるパパイアとか、バナナとかね。ヘリコプターで命がけでビフテキの肉を運んでくる。牛乳配達と称する。ミルクランといって毎朝と夕方、ブルブルブルと定期便で最前線へ平気でやってくる。豪胆ですぞ。それで降りるときがあぶない。当たり所が悪かったら一発で落ちるからね。マリリン・モンローの「七年目の浮気」やらスポーツ映画やら、それに合わせてビフテキの冷凍したやつ。そういうものを命懸けで持ってくるんです。（笑）

あそこのキャンプで暮していたるときのわたしの栄養度は、日本にいるようなバラつきがなかったな。コンスタントにきわめて高い水準だったし、毎晩、映画が変るんだ。

戦意高揚映画とか、宣伝映画は一本もない。スポーツ映画が一本必ずつくけど、二本立てなの。ジョン・ウエインのつまらない「ドノバン珊瑚礁」なんて、そんなとこで見たんだけどね。木と木ィのあいだに幕張ってあるでしょう。風がファーッと吹くと、マリリン・モンローのおっぱいが、ワァーッとふくらんでこっちに押し寄せる。いや、これはたしかにでかいわと思いたくなってくる。(笑)

兵隊は鉄カブトから短剣から全身完全に武装して、うずくまってそれを見るの。それが終ったら消灯よ。それで塹壕《ざんごう》に入って待つのね。不思議な軍隊よ、日本人の目から見ると。こんな軍隊にいたら「野火」は書けないと思ったね。(笑)だけど、そういうことと六四年、六五年当時のかれらのモラルの高さとは矛盾し合わない。オレの見るところね。物質はあるから使うんだ。あるからビフテキを最前線まで持ってくるんだ。しかし、戦うのは戦う。そこのところは同じだったね。

阿川　それは、モオラルですか、モラールですか。

開高　モラールやね。士気。ハヽ、チオンヽ記号つけるかァ。(笑)

開高　食い物で、アフリカは悲しかったなあ。

阿川　貧しい、非常に……？

開高　選択ということができないんだよね。ぼくの行ったナイジェリアはそうだった。政府軍が攻めて、ビアフラ側が立てこもっているんだが、ビアフラ側はご存じの何百万という餓死者を出して、ミミズ、アリまで食ってたわけなんだけど、攻めてる政府側が、もう、ひどく貧しいのよ。日本なら、山谷なら山谷、あいりん地区なら あいりん地区で、朝、目をさまして、きょう何食おうかと、まあ、五十円あれば、コッペパンにしようかな、すうどんにしようかな、しのだ寿司にしようかな、お好み焼きにしようかな、いろいろ選択を考えるでしょう。アフリカはそれがないね。カッサバの澱《でん》粉《ぷん》で作った玄米パンみたいなやつを、トリをカレーで煮た汁の中へつけて食うわけだ、朝。昼、またそれで食うわけだ、ホテルは違うよ。だけど一般人民はね。

阿川　そのトリをカレーで煮るというのは印僑の影響ですか？

開高　印僑でしょうね、おそらく。回教もあるかもしれないね。あそこはキリスト教と回教とが入っているからな。いや、つらいよ、あんな国に生まれたら、大兄なんか一日も保ちませんぜ。（笑）おカネがナイジェリア、医者がナイジェリア。悲痛な国だよ。

阿川　笑いごとにしちゃ悪いね、それは。

開高　独立はしたけれど、という国でね。それでもアフリカの中では西欧デモクラシーの窓口といわれる国なんだ。

阿川　それじゃァ、旧フランスの植民地だったアフリカの国々はどうなの。

開高　行ってないからわからない。アフリカといったところで全部違うから、もう無数にアフリカ像があるらしい。

阿川　そうだろうね。

開高　とにかく、ナイジェリアには何にもナイジェリアなんだよね。そして、あるのは泥棒とマラリアだけや、と、こう言うのよ。ぼくは、ずいぶん軍隊と一緒に移動して最前線まで行った。ハゲタカもたくさんいた。これは、必ずどこかにハゲタカがいるの。どこまで行っても、ゾウ、カバ、サイ、キリン、何にもいない。かすめ飛ぶ鳥はハゲタカだけなのよ。それでいったい、アフリカの動物いうのはどないなってんいうたら、みな食うてしもた、という答えが戻ってくるんですがね。

阿川　ほんとかなァ。

開高　食えないマラリアと人間だけが残ったと、こう言うんだなァ。

阿川　芸者印のカン詰めというのがあったでしょう。あれ、独立した何とか国に輸出したら「この中にこの女の肉が入っているのか」って聞いたという話があるけど。（笑）

開高　ナイジェリアのラゴスからヨタヨタの悲痛な飛行機で飛ぶと、リヴァーステートのボートハーコートという港町があるんです。そこの長官に会いに行ったの。この戦争をどう思いますかという話を聞いたら、ビアフラが過ちを改めて降伏して、われわれと一緒にやっていくなら、元どおり兄弟同士、握手してやっていくつもりだ。しかし、もしかれらが、その友情を装って再び反乱を起こすならば、こんどは食ってやるぞ、というのね。「ウイ・シャル・イート・ゼム」というんだな。

阿川　迫力あるね、それ。（笑）

開高　これがポッと出るあたりは、あ、アフリカだな、と思ったな。（笑）まじめな顔してイートって言ってたよ。

阿川　ぼくは、ガダルカナルでサボ島からカヌー漕いできたという青年がいて、その青年は、戦争中、五つか六つだったんだね。おたがいに片言の英語を話せるというので話したら、自分が子供のときに日本の船がやられて、泳ぎついた日本兵をサボ島の自分たちのところで泊めて食べさせて、ガダルカナルへ送り込んだのよくおぼえてる。
きっと生きてるひとで、その青年の親父さんの世話になったのがいるだろうと思って、それから親しみ感じていろいろ話をした。いまの開高さんの話じゃないけども、きみのグランドペアレンツの時代には本当に人間食っていたのかと聞いたら、ニコニコして「イエース・オブコース・イエース」……。（笑）

開高　オブコースときたか。なるほどねえ。（笑）あれはしかし、いろんな解釈があるんだけども、敬意をこめて食うということがあるんですよね、未開人種のあいだではね。

阿川　強くなるというアレがあるというね。

開高　だから、阿川さんなんかだったら、わたしが未開人種だとすると、まず胃袋から食ってやろうかとかね。

阿川　……。（笑）

開高　吉行淳之介さんだったらどこから食いますかね。

阿川　きたないよ。（笑）

開高　ニューギニアの土人にアメリカの百万長者のロックフェラーの息子が食われたというけど、あれなんか、やっぱり、ニューギニアの諸君から見れば、全身余すところなしというものじゃないかな。（笑）

阿川　かわいそうに。

開高　烤鴨子《カオヤーズ》みたいに隅々まで食えますという。

阿川　三品何とかというやつ……。（笑）

開高　しかし、食いもののうまいまずいっていうことも、文明というか、文化というか、文化の特殊性ということなんだろうけどね。

阿川　それから、一定のレベル以上になると、これはもう何ともしがたいものがあって、いくら精密工業が発達してってもだめな国はだめだね。

開高　そういうこと。

阿川　ドイツとイギリスがね。

開高　ロシアもいい勝負だぜ。

阿川　あの国、キャビアがあるからな、しかし。

開高　あれはどういうわけだろう。

阿川　どういうわけだか。キャビアそのものはまあ、料理じゃないから。

開高　つまり、技術としての文明なり文化なりが、それぞれ高度に発達しているにもかかわらず、文化としての食い物のほうはドカンと水準が低い。そして、何十年たっても一向に改められる気配がないというのは、あれ、どこからくるんですかね。伝達できるものを文明といい、伝達できないものを文化というんだという古典的定義があるけれど、それにしてもひどいなぁ。

阿川　何でだろうね。つまり、体質的に気がつかない……。

開高　そんなことないよ。そのドイツ人がちょっとフランスへ行ったら、うまいうまいと感動して帰ってくるんだもの。

阿川　なぜ、それじゃ改められないのか。うまいのがわかるんなら。

開高　なぜ、それが祖国でできないのか。わずか線一本またぐだけなのに、ひどい違いよ。日本は、また異様に、この広大無辺だからなァ。だからカッサバの澱粉とトリのカレー汁しか知らないナイジェリア人の舌の面積と日本人の舌の面積と、物理的には面積そのものは変らないだろうけれども、ずいぶん違うと思うなァ。

阿川　味蕾《みらい》というものがあるでしょう。ああいうの、解剖学的に研究したひとがあるのかしら。

──阿川さんと開高さんが亡くなったら、まず舌を解剖しなきゃいかんですね。

開高　いや、阿川さんのほうがはるかにいろいろナニしてるから、まず大兄の胃袋をわたしは食べて……。

阿川　いや、ぼくはこのごろ、まずいもの食わされていますよ。ほんとに。女房がだんだん怠けぐせがついてきた。

開高　肋骨あたり、うまいんじゃないですか、ちょっと脂があったりして。スペア・リブで食ったら。

阿川　ああ。（ポンと手を叩いて）ショート・リブというものを、日本の肉屋で言っても、なかなかあれしてくれないんだけど、ショート・リブの煮込みっていうものもうまいね。

開高　朝鮮料理にあるわ、カルビっていうの。あそこの肉はうまいですよ。

阿川　それからしっぽね。しっぽも皮がついてないといけないんだ。ところが皮をつけておくためには毛抜きで毛を抜かなくちゃいけないんだね。牛がうんこといっしょに蠅をはたいた毛を。

開高　なるほど。
阿川　それで手間かかるからやってくれないんです。よく知ってる肉屋さんに頼んであれしないと。
開高　なるほどね。こないだ、ぼくは、松阪の、例の和田金の本店で和田金牛食べたのね。そのときに、専務というひとと話をして、和田金の牛はこれだけ特別飼料で手をかけて育てているんだから、肉はうまいだろう、もちろんだ。だけど、内臓もうまいんじゃないか。その内臓はどうなってますんですか、和田金のモツっていうの、ぼく、看板見たことないけれど、と言ったのよ。そうしたら「はァー、それはわからんですねえ。われわれはどこへ行っているのかわからんです」というの。屠畜業者に処分してもらって剝いでもらうでしょう。それでこっちへもらってくるだけなの。だから、しっぽや何やら、あとどこへ行っているのかわかりません、て言うの。
阿川　そのしっぽを食いたいなあ。
開高　そうすると、和田金の牛のモツで、大阪やら神戸やら、どっかそのあたりで煮込み屋、焼き鳥屋でうまい店あるはずやけど、噂聞いたことないかって聞いたら「知りませんな」って言うの。

阿川　しっぽはどうしとるんだろうねえ。

開高　しっぽぐらい、このごろ値段がひどく高くなってきたから、そのくらいは銀座へ出回っているやろうけどね、しっぽやタンぐらいは。牛の胃袋のノルマンディー風のブドウ酒でことことと煮込んだ料理なんて、うまいですゾ、ラブレーの小説じゃないけれども。だから、和田金さん、ぼくが頼んだら胃袋分けてくれますか、いうたら、ええ、喜んでさし上げますって言うの。

阿川　そう。

開高　それ、檀一雄さんに話したら、オレが料理してやるからもらってこいっていうの。物珍しいから食うというより、大兄のように、ほんとに食いたいと目を輝かせるひとを、ぼくはいま、心あたりを募って、牛一匹の胃袋だから相当な人数集めなきゃいけないでしょう。それで他日、必ず和田金牛の胃袋を食べる会をやろうと思うんだけど。

阿川　けっこうですな。お願いします。わたしはそれじゃ、何お返ししようか。油条の入ったお粥でもいいし、麵でもいいし、牛のしっぽでもいいし、ショート・リブの煮込みでもいいし。ショート・リブの煮込みはうまい。

開高　結構ですナ。ところで、文学で、ちょっと食うのをあつかわなさすぎるんじゃないか、日本の作家は。

阿川　もう少し書いてもいいね。書いた人というと谷崎さんくらいか。

開高　獅子文六が「バナナ」という小説を書いてる。全篇、これ食う話。

阿川　そうね。おたがいに書いてみますか。

開高　食い物と女が書ければもういいっていうことになっているんだけど、そういう文学原論もこのごろ戦わされなくなってきたですな。(笑) それで、一種不可解な認識論めいたことをブッて、おたがい何やらわけのわからないことをいいあっているでしょう。

阿川　賛成です。

開高　これは不正直なんじゃないでしょうかね。

阿川　うん。食い物のふんだんに出てくる小説。

開高　スタインベックの「朝飯」という短篇を読んだことある?

阿川　それは知らん。

開高　原稿用紙、四百字にして八枚くらいかな。カリフォルニアの綿つみ労働者が、朝ベーコンをいって食べるんですが、もうそれはベーコンのパチパチはじける音がページから聞えてきそうなくらい。……ただ、それだけなの。

阿川　そう。

開高　それはスタインベックがチェーホフのまねをして書いたんだっていうことを、ちらっと匂わせているけどね、文中に。これは名短篇だね。チェーホフもうまい。バルザックもうまいね。スタインベックだったか、サロイアンだったか知らないけれど、水を飲む話だけで一つ短篇にしているんだよね。若者が旅に出て遍歴のあと、くたびれてふるさとの町へ、夕方帰ってくる。おじいさんが庭でホースで水をまいている。それを一杯飲むわけ。そのおじいさんが、「国の水が一番だよ」っていう、ただそれだけの短篇なんだけど、この水はうまそうだわ。

阿川　モーパッサンでね、直接食う話じゃないけど、漁師が小さい息子をつれて大きい魚を釣って、脂ぎった魚の唇のところを下に引きずりながら、下げて帰るという描写があったけど、いかにもうまそうだったな。

開高　ヘミングウェイも飲み食いには一所懸命だったな。作品のなかで、偉い人はみなこういうことに凝るでしょう。これから、もうちょっと偉くなりましょうや。

阿川　はあ。そうですか。おたがいに。もう少し偉くなりましょう。

開高　しかし、むつかしいねえ。ものの味とか、酒の味を文章で書くというのは。何とでも書けるし、どうにも書けないし、うそはいくらでもつけるし。……むつかしいねえ。結局、比喩に走るよりほかない。

——女を書くよりむずかしいですか。

阿川　あえてこのむつかしい道を二つ、今後挑もうと思っているんですがね。

開高　片方もまだ挑めますか。（笑）

阿川　ムニャムニャ。（笑）

開高　ところで、サルトルもなかなかうまいですよ。小説のなかで食物や酒のことを描写しているけど、あれはお下劣でね。そこがサルトルの魅力なんだな。

戦後、ジードが生きているころに、サルトルの作品を読んだんです。彼は閉口して、「なんと陋劣《ろうれつ》なことを書くやつだろう。陋劣の天才があらわれた。いかにも陋劣である、しかし下品ではない」という名句を残したんだがね。まあ、きたないよ。彼の「自由への道」なんて読んでいるとね。だけど、やっぱり、貴い不潔さ、下品でない陋劣さというものがあると、作品は肉が厚くなるんではないですかな。

阿川　はあ。

開高　清らかに、淡く、美しくでは無気力になってしまう。

阿川　はい。志賀直哉先生がそういうておられます。（笑）

＊かいこう・たけし（昭和5年〜平成元年）作家。

＊あがわ・ひろゆき（大正9年〜）作家。

＊文藝春秋刊『午後の愉しみ』（昭和49年）収録。

本書は『酒と肴と旅の空』（一九八五年／新潮社刊）を文庫化したものです。
本書の「わが美味礼讃」中の発言に、「土人」等、今日の観点からみて、不適切と思われる表現がありますが、著者が故人であり、底本どおりとしました。読者の皆様にご理解をいただきますよう、お願いいたします。

（知恵の森文庫編集部）

知恵の森
KOBUNSHA

酒《さけ》と肴《さかな》と旅《たび》の空《そら》

編　者――池波正太郎（いけなみ しょうたろう）

2008年　5月20日　初版1刷発行
2021年　12月10日　　4刷発行

発行者――鈴木広和
印刷所――堀内印刷
製本所――ナショナル製本
発行所――株式会社 光文社
東京都文京区音羽1-16-6 〒112-8011
電　話――編集部(03)5395-8282
書籍販売部(03)5395-8116
業務部(03)5395-8125
メール――chie@kobunsha.com

落丁本・乱丁本は業務部でお取替えいたします。
ISBN978-4-334-78505-5　Printed in Japan

78349-5
aあ8-1

赤瀬川原平《あかせがわげんぺい》

鑑賞のポイントはどこか
赤瀬川原平の名画読本

早足で見る。自分が買うつもりで見る。自分でも描いてみる。「印象派の絵は日本の俳句だ」「ゴッホが陰に〝色〟をつけた」など十五人の代表作に迫る。（解説・安西水丸）

820円

71464-2
aあ2-1

荒俣《あらまた》　宏《ひろし》

眼で解く推理博覧会
図像探偵
文庫書下ろし

飛行機のない時代に、富士山の鳥瞰図が!? 蒐集した古今東西の稀覯本から百点以上の図像を選び、鬼才アラマタの《眼》が推理する。奇想天外、空前絶後の図像綺譚。

720円

78581-9
tい8-1

石原加受子《いしはらかずこ》

「意識の法則」が人生の流れを変える
もっと自分中心でうまくいく

つい人と比較してしまう、人と向き合うのが怖い――。そんな他者中心の生き方では人生はつらくなるばかり。まず自分を愛することから始める「自分中心心理学」の基本を解説。

700円

78217-7
aい3-1

伊東《いとう》　明《あきら》

ビジネス・人間関係を制す最終兵器
「聞く技術」が人を動かす

「話術」よりも「聞く技術」。カウンセリング、コーチング、社会心理学、コミュニケーション学に裏付けされた技術をすぐに使えるように解説した本書で、「話を聞く達人」に。

560円

78376-1
bい9-1

岩城《いわき》　宏之《ひろゆき》

美を味わえる子どもに育てる
岩城音楽教室

「今日のピアノの音はきれいね」「今日は楽しく聞こえるわ」。母親が子どもを褒める言葉はそれでいい。ワクをはずして、もっと楽しもう！世界的指揮者の音楽実践哲学。

600円

78584-0
tい9-1

岩﨑《いわさき》　信也《しんや》

蕎麦屋の系図

江戸食を代表する粋な食べ物・そば。幕末の江戸には四〇〇〇軒近くのそば屋があったとか。江戸・明治・大正から連綿と受け継がれる老舗そば屋の系譜を辿り、その伝統を顧みる。

680円

78550-5
tい6-2
インフォペディア 編
日本全国「鉄道」の謎
文庫書下ろし
◎キヨスクとキオスク、どっちが正しい？◎山手線も大阪環状線も本当は環状ではない？路線や時刻表の謎、職員への素朴な疑問まで、初心者もマニアも楽しめる雑学満載！
720円

78572-7
tう1-1
上原《うえはら》 浩《ひろし》
純米酒を極める
これほど美味く、これほど健康的な飲み物はない―。我が国固有の文化である日本酒はどうあるべきか。『夏子の酒』のモデルとしても著名な「酒造界の生き字引」による名著。
680円

78331-0
cう2-1
浦《うら》 一也《かずや》
旅はゲストルーム
測って描いたホテルの部屋たち
アメリカ、イタリア、イギリスから果てはブータンまで。設計者の目でとらえた世界のホテル六十九室。実測した平面図が新しい旅の一面を教えてくれる。
900円

78280-1
bな7-1
リタ・エメット
中井《なかい》 京子《きょうこ》 訳
いま やろうと思ってたのに…
かならず直る―そのグズな習慣
なぜ、今日できることを明日に延ばしてしまうのか―今すぐグズから抜け出す簡単実践マニュアルを紹介。さあ、今すぐ始めよう。「結局、グズは高くつく」（著者）から。
600円

78022-7
aえ1-1
エンサイクロネット 編
雑学全書
天下無敵のウケネタ1000発
文庫書下ろし
疑問に思ったことも答えがわかると、へぇとうなり、ナルホドと膝を叩き、つい友人に喋りたくなる。一冊に千本、ギューギューに詰め込んだ超お買い得雑学本。
880円

78156-9
aえ1-2
エンサイクロネット 編
今さら他人《ひと》には聞けない疑問650
一度とりつかれると、答えを知りたくてたまらなくなる疑問、愚問、珍問、難問。その答えは、高尚すぎて、くだらなすぎて誰も教えてくれない。『ナゼだ!?』改題。
720円

72789-5
aお6-1
岡本《おかもと》 太郎《たろう》
今日の芸術
時代を創造するものは誰か
「今日の芸術は、うまくあってはならない。きれいであってはならない。ここちよくあってはならない」―時を超えた名著、ついに復刻。（序文・横尾忠則　解説・赤瀬川原平）
520円

78188-0
aお6-2
岡本 太郎
芸術と青春
岡本太郎にとって、青春とは何だったのか。孤絶をおそれることなく、情熱を武器に疾走する、爆発前夜の岡本太郎の姿がここにある。（解説・みうらじゅん）
540円

78356-3
aお6-3
岡本 太郎
日本の伝統
「法隆寺は焼けてけっこう」「古典はその時代のモダンアート」『今日の芸術』の伝統論を具体的に展開した名著、初版本の構成に則って文庫化。（解説・岡本敏子）
660円

78378-5
bお6-1
沖《おき》 幸子《さちこ》
ドイツ流 掃除の賢人
世界一きれい好きな国に学ぶ
文庫書下ろし
心地よい空間を大切にするドイツ人は掃除上手で、部屋はいつも整理整頓が行き届いている。著者が留学中に学んだ「時間も労力もかけないシンプルな掃除術」を紹介する。
660円

78423-2
bお6-3
沖 幸子
ドイツ流 暮らし上手になる習慣
世界一無駄のない国に学ぶ
文庫書下ろし
好評ドイツ流シリーズ第三弾のテーマは暮らし。「節約は収入と同じぐらい大切」（ドイツの諺）。無駄のない合理的な生活の知恵を通して居心地のいい住まいづくりを紹介。
660円

70979-2
bお1-1
沖《おき》 正弘《まさひろ》
ヨガの喜び
心も体も、健康になる、美しくなる
(1)頭はいつもスッキリ。(2)動作が敏捷に。(3)スポーツや楽器演奏が抜群に上達する。(4)自信が湧く。(5)美しくやせて、健康に。あなたの生活は驚くほど変わっていく。
540円

78598-7
tか7-1

柏井《かしわい》 壽《ひさし》

極みの京都

「京都人は店でおばんざいなど食べない」「『祇園』や『町家』への過剰な幻想は捨てよう」。本当においしい店から寺社巡りまで、京都の旅を成功させるコツを生粋の京都人が伝授。

680円

78392-1
cた12-1

橘田《きった》 規《ただし》
高松《たかまつ》 志門《しもん》

小さくても老いても飛ばせる

非力のゴルフ

小柄であまり腕力のない日本人プロゴルファーでも海外で通用するのはなぜか？ グリップ、アドレスからフィニッシュまで、日本人向きの打法があるのだ。

540円

78532-1
aこ2-2

高《こう》 信太郎《しんたろう》

笑っておぼえる韓国語

まんが ハングル入門

お隣の国の言葉を覚えよう！ 基本的な子音から、現地レベルの会話まで、「まんが」だからわかりやすく、笑って自然に覚えられる、日本で一番やさしいハングル入門書。

680円

78538-3
aこ2-3

高 信太郎

楽しく学んで13億人としゃべろう

まんが 中国語入門

中国語は漢字を使っているから、視覚から入れば覚えやすい。だから「まんが」で勉強しよう！ 初歩のあいさつから簡単な会話まで、笑って読むうちに自然に覚えられる！

680円

78143-9
cこ8-1

小松《こまつ》 和彦《かずひこ》

出かけよう、「発見の旅」へ

京都魔界案内

文庫オリジナル

晴明神社、神泉苑、貴船神社…。日本を代表する〝雅〟の都・京都は、陰陽師や呪術僧が活躍する、呪いや怨念の渦巻く霊的空間でもあった。（解説・京極夏彦）

720円

78154-5
aさ2-5

佐高《さたか》 信《まこと》

「歴史と人間」をどう読むか

司馬遼太郎と藤沢周平

同じ人物を描きながら、全く違う視点を持っていた司馬遼太郎と藤沢周平。戦後を代表する二人が描こうとした日本と日本人とは何だったのか。日本人の生き方に迫った意欲作！

540円

78497-3
tし1-2

白洲 正子

選ぶ眼 着る心
きもの美

「粋」と「こだわり」に触れながら、審美眼に磨きをかけていった著者。「背伸びをしないこと」「自分に似合ったものを見出すこと」。白洲正子流着物哲学の名著。（解説・髙田倭男）

700円

78123-1
cめ1-4

タカコ・半沢《はんざわ》・メロジー

はじめてでも、リピーターでも
イタリアのすっごく楽しい旅
文庫書下ろし

旅行ガイド本には書いてないことばかり起こる国イタリア。だから感動に遭遇できる。イタリア暮らし十六年の筆者が、もっと楽しく、さらに美味しくなるイタ旅をアドバイス。

500円

78602-1
tた5-1

瀧音《たきおと》 能之《よしゆき》 監修

図解とあらすじでよくわかる「古事記」入門
文庫書下ろし

天岩戸、天孫降臨、稲羽の素兎、ヤマトタケル…日本人なら知っておきたい数々の神話や古代史の基本トピックをわかりやすく解説。旅のヒントになる寺社や遺跡のガイド付き。

700円

72805-2
cた2-1

多湖《たご》 輝《あきら》

パズル・クイズで脳ミソを鍛えよう
頭の体操 第1集

あなたの脳ミソは、固定観念でこり固まっていませんか？ 創造的な人間になるには、独創力が必要なのだ。超ベストセラー、待望の文庫化！

520円

78527-7
tた4-1

立川談四楼《たてかわだんしろう》

声に出して笑える日本語

アナウンサーの致命的な言い間違いから、落語の味わい深いセリフまで。集めに集めた「笑える日本語」のオンパレード。しかも確実にタメになる傑作エッセイ。『日本語通り』改題。

740円

78005-0
bた2-1

ダライ・ラマ十四世
石濱裕美子《いしはまゆみこ》 訳

心は死を超えて存続する
ダライ・ラマの仏教入門

「重要なことは、毎日意味のある人生をおくること、私たちが心に平和と調和をもたらそうとすること、そして社会に対して建設的に貢献することなのです」（「まえがき」より）。

520円

78459-1
aて1-3

手塚治虫

手塚治虫のブッダ　救われる言葉

幸福な生き方とは？　真の人間らしさとは？　生命の尊さとは？　巨匠・手塚治虫が十二年間かけて描いた『ブッダ』の作品中から、勇気を与え、心を癒してくれる言葉を集大成。

580円

78223-8
cな1-1

中野《なかの》　雄《たけし》　ほか

スジガネ入りのリスナーが選ぶ

クラシック名盤この1枚

プロの演奏家、制作者、評論家から、ジャーナリスト、アマチュア音楽家、実業家、教員、普通の会社員まで、「生きる糧」として聴きぬいてきた選りすぐりの名盤。

1400円

78562-8
tふ1-2

藤巻《ふじまき》　健史《たけし》

知識ゼロでわかる実践・経済学

新版　マネーはこう動く

不透明な世界経済の中で、目先の情報に惑わされないための金融・経済の基本知識を、「伝説のディーラー」がわかりやすく解説する。実践的な思考法が身につく画期的な入門書！

700円

78594-9
tふ4-1

古川《ふるかわ》　修《よしみ》

ああ、「江戸前」の幸せ

蕎麦屋酒

蕎麦屋の醍醐味は蕎麦と酒と酒肴のハーモニーにあり─蕎麦と酒に関する豊富な知識と愛を基に究極の大人の愉しみを紹介。老舗から新店まで五感で選んだ蕎麦屋ガイド付き。

700円

78346-4
bま6-1

町田《まちだ》　貞子《ていこ》

本当の幸せを知ってもらうために

娘に伝えたいこと

どうして家事を面倒だと考えてしまうのですか？　家族が一緒に食卓を囲まなくてよいのでしょうか？　温かいおばあちゃんのまなざしで語りかける。幸せとは何かがわかる本。

580円

78203-0
aよ3-1

養老《ようろう》　孟司《たけし》
甲野《こうの》　善紀《よしのり》

日本人にとって「身体」とは何か

古武術の発見

宮本武蔵、千葉周作、真里谷円四郎…伝説の超人・天才たちの身体感覚が手に取るようにわかる。「古武術」の秘密と、現代人が失ってしまった「身体」を復活させるヒント。

600円